AF280259

Herstellung und Verlag; Books on Demand
GmbH,Norderstedt

ISBN 978-3-8370-0078-8

DER HIMMEL DER CLOCHARDS

I.

Das Mädchen sah aus, als wollte es jeden Augenblick losweinen. Es mochte vielleicht

zehn, zwölf Jahre alt sein. Auf dem Rücken trug es den mittlerweile schon

obligatorischen „Eastpak". Die Passanten, die – wie üblich – gehetzt durch die

Fußgängerzone eilten, nahmen kaum Notiz von dem Häufchen Elend.

Eine Verkäuferin, die die Kleine schon eine Weile beobachtete, mochte nun nicht mehr

länger zusehen und ging auf sie zu.

„Was hast du denn?" fragte sie mehr neugierig als mitfühlend.

„Der Charly kommt nicht mehr zu unseren Treffen" schluchzte das Mädchen.

„Aber wer ist denn der Charly?" fragte die Frau.

„Na, der nette Mann, der immer hier gesessen hat" sagte das Mädchen und schaute die

Verkäuferin mit einem Blick an, als wollte sie sagen, ‚das musst du doch wissen'.

„Du meinst doch nicht etwa den Penner, der mir immer die Kundschaft vertrieben hat?"

entrüstete sich die Frau.

„Was ist denn ein Penner?" fragte die Kleine erstaunt.

„Na, das sind so Schmarotzer, die sich auf Kosten der anderen einen faulen Lenz machen,

nichts arbeiten wollen und uns ehrlichen Arbeitern und Angestellten auf der Tasche liegen"

meinte die Verkäuferin überheblich.

„Der Charly ist kein Schmarotzer!" empörte sich die Kleine.

„Das wirst du kleine Göre ja wohl nicht beurteilen können" meinte die Frau überheblich.

Das Mädchen schaute die Verkäuferin trotzig an, streckte ihr die Zunge heraus und lief

davon.

Völlig außer Atem hielt sie an der nächsten Straßenecke an, um zu schauen, ob die arrogante Verkäuferin sie verfolgte. Gott sei Dank nicht!

Nach dieser Aufregung fiel die Kleine wieder in die vorherigen Gedanken zurück.

Warum kommt der Charly nicht mehr?

II.

Sie konnte sich noch so gut daran erinnern, wie sie ihn kennen gelernt hatte.

Damals war das Wetter schöner als heute. Nicht so verregnet und kalt.

Sie war nach der Schule noch ein wenig in der Stadt herumgestrolcht, ehe sie zum Essen heim musste. An der Ecke bei dem Schuhgeschäft sah sie ihn sitzen.

Vor sich ein Schild mit den zittrigen Worten: „Unschuldig in Not geratener bittet um eine milde Gabe" und eine Mütze mit ein paar Münzen darin.

Damals hatte sie noch keine Ahnung, was sich hinter diesen Worten verbergen konnte.

Sie war einfach nur neugierig.

Sie starrte den schmutzigen und verwarlosten Mann, dessen Haare in fettigen Strähnen auf seinen speckigen Parka herunterhingen und dessen Bart, mit grauen Fäden durchzogen, wild in alle Richtungen aus seinem Gesicht abstand, mit großen Augen an.

„Warum glotzt du denn so?" schnauzte der Mann die Kleine an.

„Was machst du da?" fragte das Mädchen ungerührt zurück.

„Das siehst du doch – ich warte, bis mir jemand ein paar Kröten in meine Mütze wirft damit ich mir was zu saufen kaufen kann" gab der abgerissene Mann barsch Antwort.

„Aber warum denn das?" konnte das Mädchen diesen Gedanken kaum fassen.

„Wie willst denn du Dreikäsehoch das kapieren!?" antwortete der Mann mit bereits etwas weniger Schärfe in seiner Stimme.

„Warum gehst du denn nicht in die Arbeit wie mein Papa und verdienst da dein Geld?"

überlegte die Kleine laut.

„Da sieht man, dass du keine Ahnung hast. Meinst Du etwa, dass ich freiwillig hier sitze?

Du glaubst doch nicht etwa, dass so was wie ich eine Arbeit bekommt" erwiderte der

Mann, der um einiges älter aussah, als er vermutlich war.

„Aber warum denn nicht? Alle Erwachsenen haben doch eine Arbeit. Sie müssen sich

doch um ihre Frau und ihre Kinder kümmern. Hast du denn keine Familie?" flüsterte das

Mädchen fast, da sie Angst hatte, dass der Mann wieder laut wurde.

Wie in eine andere Welt blickend sah der Mann mit ausdruckslosen Augen in die Ferne.

„Meine Frau und meine Kinder wollen nichts mehr von mir wissen, seit ich hier auf der

Straße lebe."

„ Was !?" entsetzte sich das Mädchen. „So was kann doch gar nicht wahr sein!"

„O doch. Das siehst du ja" antwortete der Mann, dessen Gesichtsausdruck nun fast

versteinert war.

„Haben die dich denn nicht mehr lieb?" fragte das Mädchen leise.

„Scheinbar nicht. Sonst wären sie ja hier" gab der Mann zurück.

„Aber das war doch sicher nicht immer so. Sonst hättest du ja gar keine Familie gehabt,

oder?" meinte das Mädchen.

„Da hast du allerdings Recht. Ich hatte einmal eine ganz normale Familie. Eine nette Frau

und zwei süße Mädchen. Die eine müsste ungefähr so alt sein wie du. Sie wird heuer

zwölf" antwortete der Mann mit Tränen in den Augen…

„Schau jetzt, dass du nach Hause kommst!" fuhr der Mann das Mädchen plötzlich an.

„Deine Mutter wartet bestimmt mit dem Essen auf dich" milderte er seinen Ausbruch ab.

„Aber ich weiß ja nicht einmal, wie du heißt" jammerte das Mädchen.

Richard Uhirek Der Himmel der Clochards 3

„Meine Freunde haben immer Charly zu mir gesagt" sinnierte der Mann, mit den Gedanken anscheinend wieder weit weg, wie in einer anderen Welt oder einer anderen Zeit.

„Darf ich auch Charly zu dir sagen. Ich bin doch jetzt auch eine Freundin von dir." Das Mädchen sah den Mann mit erwartungsvollen Augen an.

„Von mir aus" meinte der Mann. Verstohlen wischte er sich so etwas wie eine Träne aus dem Augenwinkel. „Aber jetzt dalli, ab nach Hause."

Sie sah ihn schon von weitem sitzen. Er sah müde aus und schien seine Umwelt nicht zu registrieren.

„Hallo Charly!" rief sie dem zerlumpten Etwas an der Straßenecke zu.

„Du sitzt ja heute ganz wo anders als gestern."

„Der Besitzer des Schuhgeschäftes, vor dem ich gestern gesessen bin, hat mich fort gejagt" antwortete der Mann.

„Hast du ihm denn etwas getan?" fragte die Kleine erschreckt.

„Na ja, wie man's nimmt. Er meinte, wenn ich vor seinem Laden sitze, würde das die Kundschaft abstoßen und sie gingen an seinem Geschäft vorbei anstatt bei ihm einzukaufen" gab Charly zur Antwort.

„Aber du bist doch bloß ein wenig schmutzig und nicht so modern angezogen wie die meisten hier" gab die Kleine zu bedenken. „Wegen so etwas kann er dich doch nicht einfach davon jagen. Na ja, Du solltest vielleicht mal wieder zum Friseur gehen, und eine Dusche oder ein heißes Bad würde Dir wahrscheinlich auch nicht schaden, aber sonst bist Du doch auch nicht anders als die anderen. Also, ich meine, dass der das nicht hätte machen dürfen."

„Und ob er das darf. Wenn ich nicht freiwillig gegangen wäre, hätte er die Polizei geholt und ich hätte eine Menge Schwierigkeiten bekommen" erhielt das Mädchen zur Antwort.

„Wenn man kein vollwertiges Mitglied unserer Leistungsgesellschaft ist, hat man auch

ziemlich wenig Rechte."

„Was heißt denn das nun wieder?" fragte die Kleine ungeduldig.

„Das heißt, wenn du keine Arbeit und kein Zuhause hast, bist du in unserer Gesellschaft

nichts wert. Nur mit einem guten Job und einem Dach über dem Kopf giltst du etwas bei

den Leuten. Da ich das aber nicht habe, bin ich für die meisten Menschen so was wie

Freiwild oder einfach nur Dreck. Sie können mit mir fast alles machen, was sie wollen und

keiner schert sich etwas darum." Das Gesicht des Mannes zeigte eine Härte, die das

Mädchen bis zu diesem Zeitpunkt nicht für möglich gehalten hätte. Bis auf die Tatsache,

dass er ein wenig verwarlost aussah, fand sie ihn eigentlich ganz sympatisch. Dies war

auch der Grund, warum sie ihn, als sie ihn zum ersten Mal so sitzen sah, einfach

angesprochen hatte. Wenn ihre Mutter das gewusst hätte, wäre sie wohl ganz schön in

Schwierigkeiten gekommen.

„Wenn du nun schon wieder kommen und mich besuchen musst, solltest du mir mal

sagen, wie du eigentlich heißt" gab der Mann nach einer kurzen Pause zu bedenken.

„O ja, natürlich, Entschuldigung, daran habe ich gar nicht gedacht. Ich heiße Marion. Tut

mir leid, dass ich dir das bis jetzt nicht gesagt habe." Das Mädchen lächelte dem

verhärmten Mann schüchtern zu. „Jetzt sind wir doch schon richtige Freunde!" war sie von

ihrer seltsamen Beziehung überzeugt.

„Na, na, so schnell geht das nun auch wieder nicht. Du weißt ja nichts von mir und ich

weiß auch genauso wenig von dir. Da kann man doch wohl nicht von Freundschaft reden"

gab der Mann zu bedenken.

„Mir macht das nichts aus" rief die Kleine lustig aus. „Ich mag dich einfach!"

„Das freut mich irgendwie, aber was sagen denn deine Eltern zu deiner neuen

Freundschaft. Die sind doch sicher nicht gerade erfreut darüber, dass du dir so einen Bekannten ausgesucht hast. Ich bin mir sogar sicher, dass sie dich ausschimpfen, wenn sie das heraus bekommen" war sich der Mann sicher.

„Ich weiß nicht, ob sie schimpfen. Sie haben sowieso fast keine Zeit für mich. Papa kommt immer ziemlich spät von seiner Arbeit nach Hause und Mama ist auch immer gestresst, wenn sie von der Arbeit heim kommt. Sie sagen, sie müssen erst das Haus fertig bezahlen, dann haben sie wieder mehr Zeit für mich. Aber sie sagen auch, dass das nicht mehr so lange dauern wird. Vielleicht noch ein paar Jahre. Dann haben wir es geschafft, versichern sie immer, wenn ich mich darüber beschwere, dass sie keine Zeit für mich haben. Hast du auch nie Zeit für deine Kinder gehabt" setzte das Mädchen ihre eigenen Gedanken ohne Übergang fort.

„Auf jeden Fall zu wenig" gestand der Mann. „Bei mir war es auch so wie bei deinen Eltern. Erst eine gesicherte Existenz aufbauen, dann das Ganze genießen. Aber so weit ist es bei mir nicht mehr gekommen."

„Wieso?" In diesem einen Wort lag so viel Zärtlichkeit und Anteilnahme, dass der abgerissene Mann für einen Moment fast seine Fassung verloren hätte und den Panzer der Abweisung, den er sich zugelegt hatte, seit er auf der Straße lebte, beinahe vollständig weggeworfen hätte. Er riss sich zusammen und antwortete mit gespielter Gleichgültigkeit: „Weil meine Frau und meine Töchter beschlossen haben, ihre Zukunft ohne mich zu planen."

„Aber so was kommt doch nicht ohne Grund" blieb das Mädchen hartnäckig.

„Natürlich nicht" gab der Mann zu. „Aber das ist eine so lange Geschichte. Ich weiß nicht, ob ich die überhaupt erzählen möchte. Es interessiert doch sowieso niemanden, was so ein Penner zu erzählen hat".

„Das stimmt nicht!" rief die Kleine beleidigt. „Ich möchte gerne hören, wie so etwas wie bei dir passieren kann".

„Das ist aber nicht in ein paar Minuten erzählt" gab der Mann zu bedenken. „Und ich
denke, du solltest jetzt nach Hause gehen, bevor deine Mutter sich noch ernstliche Sorgen
um dich macht. Das bin ich nicht wert."

„Rede doch nicht immer so schlecht über dich!" schimpfte das Mädchen. „Du bist ein
genauso wertvoller Mensch wie alle anderen auch."

„Ich glaube, mit dieser Einstellung stehst du ziemlich alleine da" lächelte der Mann. „Aber
ich danke dir, dass du so nett zu mir bist. Glaube mir, es ist besser, wenn du nach Hause
gehst. Wenn du willst, kannst du mich ja wieder besuchen. Du musst halt schauen, wo ich
gerade sitze. Du weißt ja, die Inhaber der Geschäfte sind nicht so erfreut über meine
Anwesenheit."

Die Kleine hatte zwar gar keine Lust, das zu tun, was der Mann sagte, aber sie sah ein,
dass er Recht hatte. Also drehte sie sich um, schlenderte davon und drehte sich nach
einer Weile um, um noch einmal zurück zu winken.

Als sie am nächsten Tag in die Gegend kam, in welcher Charly immer bettelte, suchte sie
ihn vergebens. Am Anfang dachte sie sich, er musste wieder einen anderen Platz suchen,
weil ein Geschäftsinhaber ihn vertrieben hatte, aber die Suche nach Charly blieb erfolglos.
Sie wollte schon enttäuscht umkehren, als sie einen Mann an der Ecke sitzen sah.

„Charly!" rief sie froh.

Der Mann drehte sich um und sah das Mädchen verständislos aus wässrigen, trüben
Augen an. „Was willst denn du von mir?" knurrte er vor sich hin.

„Entschuldigung!" sagte das Mädchen erschrocken. „Ich dachte, ich kenne dich. Ich suche
nämlich den Charly. Kannst du mir vielleicht sagen, wo ich den finde?"

„Was hast denn du mit dem Charly zu tun?" musterte der Mann von seinem Sitzplatz auf dem Boden das Mädchen misstrauisch. „Woher kennst du den denn?"

„Ach, weißt du, ich habe mich mit dem Charly ein bisschen unterhalten und wollte ihn

heute wieder besuchen. Er ist immer alleine und so habe ich mir gedacht, vielleicht gefällt

es ihm, wenn er ein wenig mit mir reden kann".

„Da wirst du kein Glück haben. Den Charly haben sie gestern Abend abgeführt" bemerkte

der Mann trocken.

„Wer hat ihn abgeführt?" entfuhr dem Mädchen ein Schrei.

„Na, die Polizei natürlich" grinste der Mann. Er sah dabei widerlich aus mit seinen

verfaulten Zähnen und den Zahnlücken. Das Mädchen konnte in diesem Moment die

Leute verstehen, wenn sie diese Art von Menschen nicht leiden konnten. Aber ihr Charly

war da ganz anders! Der hatte keine verfaulten Zähne und stank auch nicht so aus dem

Mund wie dieser Mann da vor ihr. Der war auch viel freundlicher als dieser Mann da unten.

„Was hat er denn angestellt, dass sie ihn weggebracht haben?" fragte das Mädchen

bedrückt.

„Was er angestellt hat?" rief der Mann. In diesem Augenblick fiel dem Mädchen auf, dass

der Mann da unter ihr ziemlich undeutlich sprach. ‚Der ist ja betrunken' schoss es ihr durch

den Kopf. ‚Hoffentlich legt der sich nicht mit mir an' sponn sie ihre Gedanken weiter.

„Das Einzige, was er angestellt hat, ist, dass er dagesessen und gebettelt hat. Das hat

wohl einem der Bonzen in seinem Laden nicht gefallen und er hat die Polizei geholt. Und

weil der Charly keinen festen Wohnsitz nachweisen konnte, haben sie ihn – zur

Feststellung der Personalien – wie das so schön heißt, mitgenommen. Seitdem habe ich

ihn nicht mehr gesehen und auch nichts mehr von ihm gehört. Tut mir leid, Mädchen."

Eigentlich war der Mann doch nicht so ohne, dachte sich Marion.

„Vielen Dank für die Auskunft" lächelte das Mädchen den Mann eher schüchtern an und

ging nachdenklich durch die Fußgängerzone. ‚Wie kann ich dem Charly helfen' überlegte es fieberhaft. ‚Meine Eltern kann ich nicht fragen, die haben für solche Menschen kein Verständnis, und genauso wenig für Menschen, die versuchen, solchen Personen zu helfen'. Ein Lieblingsspruch ihres Vaters war: Hilf dir selbst, dann hilft dir Gott.

Ihre Familie ging zwar jeden Sonntag in die Kirche, aber damit hatten sie – so ihre Meinung – ihre Schuldigkeit als Christen getan. Jedes weitere Engagement gegenüber den Mitmenschen sahen sie als Vergeudung ihrer so kostbaren Zeit an.

‚Erfolgreiche Menschen haben keine Zeit für irgendeinen Dienst am Nächsten' lautete die einhellige Meinung in ihrer Familie.

Also blieb ihr nichts anderes übrig, als nach Hause zu gehen. Sie hatte keine Ahnung, was sie sonst tun könnte. Als einzige Möglichkeit fiel ihr höchstens ein, ihren Lehrer zu fragen. Aber den traf sie erst wieder morgen in der Schule. Bis dahin war sie zur Untätigkeit verurteilt.

Die Laune des Mädchens war bedrückt, als es die Fußgängerzone des Städtchens entlang schlenderte. Mit seinem Lehrer konnte es heute nicht sprechen, da er in einer Konferenz war und nicht in der Schule. Mit seinen Freundinnen wollte es nicht über die Probleme reden, da die es wahrscheinlich nicht verstanden hätten oder, was noch schlimmer war, es sogar auslachen würden. So in seine Gedanken verloren, erschrak es, als eine Stimme seinen Namen rief.

„Charly!" schrie sie heraus. „Da bist du ja wieder. Ich habe dich gestern überall gesucht. Einer deiner Freunde hat mir dann erzählt, was passiert ist. Ich freue mich dass du wieder frei bist!"

„Als Freund kann man den Manne nicht gerade bezeichnen" meinte der Mann zurückhaltend. „In unserem Milieu gibt es so was wie Freundschaft eher selten. Da hat jeder Angst, dass er zu kurz kommen könnte. Wie heißt es so schön: Jeder ist sich selbst der Nächste".

„Den Spruch kenne ich von meinem Vater auch" gab das Mädchen zurück.

„Aber jetzt erzähl doch mal. Wie bist du wieder so schnell von der Polizei weg gekommen?"

„Na ja. Die konnten mich nicht behalten. Ich habe ja keine Straftat begangen. Und nur, weil einem lieben ‚Mitbürger' unserer so ehrenwerten Gesellschaft meine Nase nicht gefällt, kann man mich nicht einfach einsperren. Das haben die Beamten natürlich gewusst und mir nur ein bisschen ins Gewissen geredet. Von wegen so was wie eine regelmäßige Arbeit und einen festen Wohnsitz. Als ich sie dann gefragt habe, ob sie mir dabei helfen können, saßen sie da wie belämmert und wussten nicht so recht, wie sie mich einschätzen sollen. Einen Vorteil hat das Ganze aber gehabt: für eine Nacht habe ich ein festes Dach über dem Kopf gehabt. Ich wusste gar nicht mehr, wie angenehm es ist, in einem warmen Bett zu liegen".

„Und ich habe mir solche Sorgen um dich gemacht!" maulte die Kleine.

„Entschuldigung, aber das war ja wohl nicht meine Schuld, dass ich von der Polizei kassiert wurde" gab der Mann zu bedenken.

„Ja, das ist mir schon klar. Aber ich war trotzdem ganz schön besorgt" antwortete sie.

„Aber wenn du den Polizisten deine Geschichte erzählt hast, warum erzählst du sie dann nicht auch mir? Das letzte Mal hast du gesagt, dass das zu lange dauern würde. Du weißt, ich mag dich. Bitte erzähl mir doch ein bisschen aus deinem Leben".

Der Mann schaute in die Ferne. Marion war sich nicht sicher, ob sie ihn jetzt ansprechen sollte. Vielleicht war es besser, ein wenig zu warten. Wenn der richtige Zeitpunkt gekommen war, würde er schon von sich aus anfangen.

Gedankenverloren hing der Mann seinen Erinnerungen nach, wie es schien. Plötzlich ging ein Ruck durch seinen Körper und er straffte sich.

III.

„Eigentlich bin ich in einer Familie aufgewachsen, die man wohl als gut bürgerlich

bezeichnen kann. Mein Vater hatte eine kleine Schreinerei, meine Mutter kümmerte sich

um uns Kinder – ich habe noch einen Bruder und eine Schwester – und um den Haushalt,

wie das früher so üblich war. Finanziell hatten wir nie Sorgen. Vater war ein recht

angesehener Mann in unserem Dorf, Gemeinderatsmitglied und zweiter Vorstand im

Fußballverein. Mein Leben war eigentlich vorgezeichnet. Ich sollte später die Schreinerei

übernehmen und meinen Eltern zu einem geruhsamen Lebensabend verhelfen. Aber wie

du siehst, ist alles ein wenig anders gekommen."

Er machte eine kleine Pause und fuhr sich mit einer Hand über sein Gesicht.

„Wenn du mich fragst, wie das alles so hat passieren können, ich weiß es eigentlich nicht."

Der Mann sah hinauf zur Kirchturmuhr der alten Stadtkirche und sagte zu ihr:

„Es ist schon ziemlich spät. Meinst du nicht, du solltest jetzt nach Hause gehen? Ich will

nicht schuld sein, dass du mit deinen Eltern Zoff bekommst. Wenn du willst, kannst du

mich ja wieder mal besuchen".

„Schade, jetzt, wo es spannend geworden wäre, hörst du auf. Aber ich glaube, du hast

Recht. Meine Mutter wird immer ziemlich böse, wenn ich zu spät nach Hause gehe. Wenn

ich gleich nach der Schule Heim gehe, ist sie noch in der Arbeit. Aber um diese Zeit ist sie

bestimmt schon da. Vielleicht brauche ich mir ja jetzt wenigstens das Mittagessen nicht

mehr selber warm machen". Sie sah den Mann mitleidig an und drückte ihm verstohlen

einen Kuss auf die Wange. Überrascht blickte der Mann in das junge Gesicht seines

Gegenüber und tadelte:

„Das ist nicht gut, was du da machst. Wenn das die Leute sehen, meinen sie vielleicht, ich

würde etwas von dir wollen. Und dann ist die Wahrscheinlichkeit, dass sie mir was

anhängen wollen, wesentlich größer. Du willst doch nicht, dass ich deswegen in den Knast

Richard Uhirek Der Himmel der Clochards 11

wandere, oder?“

Erschrocken wich das Mädchen zurück und fragte:

„Glaubst du wirklich, dass die Menschen so boshaft sind?“

„Und ob! Individuen wie ich sind der ‚normalen‘ Bevölkerung ein Dorn im Auge. Sie warten nur auf eine Gelegenheit, uns Berbern, wie wir uns selbst nennen, eins auszuwischen. Schau nur, wie sie uns hinter den Schaufenstern beobachten. Für die ist so eine Situation ein gefundenes Fressen“.

„Das hab ich nicht gewollt!“ rief das Mädchen.

„Ich weiß, ich weiß“ besänftigte der Mann die Kleine. „Nur keine Sorge, es wird schon nicht so schlimm werden. Aber von jetzt an musst du daran denken, dass die ganze Fußgängerzone auf uns schaut. Da darfst du dich keinen Illusionen hingeben. Jede Bewegung ist für die von größter Bedeutung. Und nun: Tschüß. Vielleicht bis bald“.

„Ich komme ganz bestimmt wieder! Tschüß!“ rief das Mädchen und lief mit schnellen Schritten, den ‚Eastpak‘ mit einer Hand fest haltend, in Richtung nach Hause davon.

Als das Mädchen am nächsten Tag wieder durch die Fußgängerzone der Stadt ging, hatte es ein komisches Gefühl. Überall waren Polizeikräfte zu Fuß, zu Pferd und mit ihren Streifenwagen unterwegs. Irgendetwas lag in der Luft. Sie traute sich aber nicht, einen der Polizisten anzusprechen. Sie hatte Angst um Charly. Immerhin hatten sie ihn ja erst verhaftet. Möglicherweise hatte ja doch jemand beobachtet, wie sie dem Charly den Kuss gab und darauf hin die Polizei gerufen. Sie sah auch nirgends einen von Charlys Kumpeln sitzen.

 Bedrückt machte sie sich auf den Heimweg. Wenn sie Charly wirklich wegen dem Kuss verhaftet hätten, musste sie dafür sorgen, dass die Angelegenheit aufgeklärt wurde. Schließlich war es dann ja ihre Schuld.

Froh gelaunt hüpfte die Kleine am nächsten Tag durch die Stadt. In der Schule hatte sie

am Morgen erfahren, dass gestern irgend so ein hohes Tier aus der Politik die Stadt

besucht hatte und dass aus diesem Grund so viele Polizisten unterwegs waren.

Charly saß an seinem üblichen Platz.

„Hallo Charly!" rief sie ihm freudig zu.

„Na! Schule aus?" fragte dieser – belustigt über die gute Laune der Kleinen – zurück.

„Ja, und stell dir mal vor, was ich gestern für eine Angst um dich gehabt habe" erzählte sie

atemlos.

„Wegen mir?" hob der Mann erstaunt seine Augenbrauen.

„Ja. Ich habe gedacht, die Polizei hat dich geholt. Wegen des Kusses und so" erklärte das

Mädchen ernst.

Der sonst eher ernste Mann musste spontan loslachen. „Du hast gedacht, wegen *einem*

Penner rückt die Staatsgewalt mit einem solchen Aufgebot an? Da genügt doch eine

Streife. Aber du hast schon Recht. Sie sind zu uns gekommen und haben uns klar

gemacht, dass sie uns nicht sehen wollen, so lange so ein hoher Politiker aus der

Hauptstadt unsere Stadt besucht. Also haben sie uns kurzerhand alle eingesammelt und

ins Obdachlosenheim am Rand der Stadt gebracht. Dort wurden wir kostenlos mit Essen

und Trinken versorgt. Es wäre ja wohl für die Augen eines Politikers nicht zumutbar

gewesen, ihm das Elend zu zeigen, das unsere Wohlstandsgesellschaft ausgespuckt hat.

Dann lieber ein paar Kröten investieren und uns aus der Stadt fernhalten."

Der Mann sah das Mädchen an. „Es macht mich froh und zugleich traurig, dass du dir

solche Sorgen um mich gemacht hast. Meinst du denn, dass ich das Wert bin? Du hast

doch eine Familie und solltest froh sein, dass sie sich um dich kümmern."

„Was heißt da, um mich kümmern?" zischte das Mädchen. „Das Einzige, was ich von meiner Familie habe, ist, dass ich genug Geld für alles Mögliche bekomme. Aber sonst? Ich wünsche mir manchmal, dass wir etwas zusammen unternehmen, so wie meine Freundinnen in der Schule. Aber am Wochenende sind meine Eltern immer müde von der anstrengenden Woche. Sie sagen dann immer, sie müssen sich erholen, damit sie fit sind, wenn es am Montag wieder losgeht. Aber in ein paar Jahren, wenn unser Haus abbezahlt ist, wird das alles anders, sagen sie. Weißt du, so langsam kriege ich einen richtigen Hass auf das Haus. Das nimmt mir meine Eltern weg".

„Ich glaube, ich verstehe, was du meinst" brummelte der Mann vor sich hin. „In meiner Glanzzeit war das bei mir genauso. Ich habe meine Kinder auch nur am Rande wahrgenommen. Wenn ich nach Hause kam, waren sie meistens schon im Bett. Oder ich war zu müde, als dass mich ihre Sorgen und Probleme noch interessiert hätten. Heute weiß ich, dass das der Anfang vom Ende war. Aber eine solche Entwicklung möchte niemand sich selbst eingestehen. Und in den meisten Fällen geht es ja auch nicht so schlecht aus wie bei mir."

Marion wusste nicht recht, ob sie den Mann bitten sollte, ihr erneut etwas aus seinem Leben zu erzählen. Er saß da, die Hände wie zum Gebet gefaltet, und starrte aus ausdruckslosen Augen in die Ferne. Leise schlich sich das Mädchen davon und ging nach Hause. Die Freude, dass die Polizei Charly nicht eingesperrt hatte, war verflogen, und eine Art Bedrücktheit machte sich in ihr breit. Sie war sich nicht sicher, ob sie weiter in Charly dringen sollte oder ihn einfach in Ruhe lassen. Vielleicht sollte sie erst mal darüber schlafen und dann morgen entscheiden, was sie tun würde.

Mit gemischten Gefühlen bewegte sie sich am nächsten Tag in Richtung Fußgängerzone. Ob Charly wohl böse mit ihr war? Immerhin war sie einfach gegangen. So etwas war nicht gerade nett. Wenn sie sich vorstellte, dass sie an seiner Stelle gewesen wäre.

Richard Uhirek Der Himmel der Clochards 14

Wahrscheinlich wäre sie verärgert über ihr Gegenüber gewesen. Mit schlechtem Gewissen näherte sie sich Charlys Stammplatz. Leer! Also war er doch böse mit ihr! In diesem Moment klopfte jemand ihr von hinten auf die Schulter…

„Charly!" rief sie aufgeregt.

„Du kommst aber früh heute" gab der Mann mit einem Lächeln auf seinem von Wind und Wetter gegerbten Gesicht anstatt einer Antwort zurück. „Ich komme gerade erst von meinem Nachtquartier. Gestern war es etwas zu spät und so kam ich heute nicht so recht in die Gänge."

„Aber es ist doch schon nach Mittag!" rief das Mädchen verständnislos.

„Das spielt doch bei mir keine Rolle. Wer wartet denn schon auf mich? Ich kann mir doch den Tag einteilen, wie ich will. Wichtig ist, dass ich etwas zu essen und zu trinken habe. Mehr Ziele habe ich nicht" meinte der Mann.

„So, wie du das sagst, klingt das aber sehr traurig. Wünscht du dir denn nicht, ein anderes Ziel zu haben?" flüsterte das Mädchen so leise, dass man es kaum hören konnte.

„Das Wünschen habe ich schon eine ganze Weile aufgegeben. Das Einzige, was mir im Moment Freude macht, sind deine Besuche. Aber es wird auch die Zeit kommen, wo diese wieder aufhören. Ich mache mir da keine Illusionen" bemerkte der Mann nicht ohne eine gewisse Bitterkeit in seiner Stimme. „Und das kann ich durchaus verstehen. Wenn ich an deiner Stelle wäre, hätte ich wahrscheinlich erst gar nicht angefangen, mit so einer Person wie mir zu reden."

„Du klingst heute aber ganz anders als die letzten Tage. Irgendwie böse und enttäuscht" gab das Mädchen enttäuscht zurück. „Habe ich dir etwas getan?"

„Nein, nein!" rief der Mann aus. „Aber weißt du, ich habe heute Nacht seit langer Zeit wieder einmal von meiner Frau und von meinen Kindern geträumt. Und ich bin mir sicher, dass du daran nicht ganz unschuldig bist. Aber ich bin dir deswegen nicht böse. Du hast das ja nicht mit Absicht getan".

„Aber traurig macht mich das schon" schluchzte die Kleine. „Wegen mir hast du schlechte Laune und hast schlecht geträumt".

„Wer sagt dir denn, dass ich schlecht geträumt habe. Der Traum war sogar wunderschön. Nur das Erwachen war fürchterlich" sann der Mann über die letzte Nacht nach. „Aber eines habe ich mir vorgenommen. Ich will dir erzählen, wie es mit mir so weit gekommen ist. Möglicherweise kommst du einmal in die Situation, dass du jemanden kennen lernst, dem es ähnlich wie mir ergangen, der aber noch nicht so weit in den Sumpf abgerutscht ist. Wenn du demjenigen dann helfen kannst, weil ich dir meine Geschichte erzählt habe, dann war mein Leben wenigstens nicht ganz umsonst".

„Ich hätte mich nach dem gestrigen Tag nicht getraut, dich danach zu fragen" gab die kleine Marion zu. „Aber wenn du mir schon so ein Angebot machst, dann sage ich nicht nein. Ich bin nämlich furchtbar neugierig, musst du wissen".

„Das habe ich wohl bemerkt" lächelte der Mann.

„Aber jetzt fang schon an zu erzählen" drängte Marion ihren neuen Freund Charly ungeduldig.

„Immer schön langsam" amüsierte sich dieser über den plötzlichen Eifer seines kleinen Gegenübers. „Ich muss erst einmal überlegen, wo ich da anfangen soll."

In dieser nun entstehenden Pause wagte das Mädchen kaum zu atmen. Sie hatte Angst, dass sie irgendetwas Falsches sagen oder machen könnte.

„Ich habe dir ja schon erzählt, dass ich in einer Familie aufgewachsen bin, die man als gut bürgerlich bezeichnen könnte. Natürlich gab es nicht nur eitel Sonnenschein bei uns. Aber im Großen und Ganzen durften wir uns nicht beschweren. An übermäßig viele Begebenheiten aus meiner Kindheit kann ich mich nicht mehr erinnern. Aber einige Dinge vergisst man nicht". Der Mann machte eine Pause, als ob er sich ganz besonders auf eine

Begebenheit konzentrieren wollte. Sein Blick streifte in der Ferne umher, gerade wie wenn

er die Erinnerung aus der Vergangenheit rufen wollte.

„Was heißt ‚gut bürgerlich'?" wollte Marion neugierig wissen.

„Gut bürgerlich heißt, dass es sich um eine Familie handelt, die den Normen der so

genannten Gesellschaft entspricht. Also dass sich die Mutter um die Kinder und den

Haushalt kümmert und der Vater das Geld für die Familie heimbringt."

„Dann sind wir also keine gut bürgerliche Familie" überlegte Marion.

„Wieso denn das?" fragte Charly.

„Na, weil bei uns ja Mama und Papa zur Arbeit gehen."

„Also, so darfst du das nicht sehen. Weißt du, zu der Zeit, als ich noch so etwa in deinem

Alter war, da war das noch ganz normal, dass die Mutter zu Hause bei den Kindern war.

Heute geht das nicht mehr. Dafür ist alles viel zu teuer geworden. Und außerdem möchten

viele Eltern nicht auf ihren Lebensstandard verzichten, nur weil sie Kinder haben. Also

gehen beide arbeiten und die Kinder werden dann irgendwie durch den Tag gebracht. Du

weißt ja selber, wie das geht. Ich sage nur, Schlüsselkinder sind arme Kinder. Ich beneide

sie nicht."

„Da hast du wohl recht" motzte das Mädchen. „Aber jetzt erzähl endlich."

„Als ich mal von der Schule nach Hause gekommen bin, stand meine Mutter auf der

Terrasse. Ich war so etwa in der ersten oder zweiten Klasse. Sie hatte ein blaues Poloshirt

an. Ich wusste damals nicht, warum mir das so Angst gemacht hat. Jedenfalls bin ich um

das Haus geschlichen und habe mich im Keller versteckt. Mutti hat mich wohl nicht

gesehen. Sie war ziemlich besorgt, als ich nicht wie gewohnt heimkam und ist mit dem

Fahrrad ins Dorf gefahren, um mich zu suchen. Zu der Zeit gab es noch nicht in jeder

Familie zwei Autos. Und unseres hatte mein Vater mit in der Schreinerei. In der Schule

sagte ihr dann die Lehrerin, dass ich wie sonst auch mit meinem besten Freund Jürgen

losmarschiert bin. Darauf hin radelte sie zum Haus meines Freundes. Als Jürgen ihr sagte,
dass wir unseren Schulweg wie gewöhnlich gegangen sind, machte sie sich ernsthafte
Sorgen. Sie überlegte schon, ob sie die Polizei anrufen sollte. Zu Hause hatten wir damals
noch kein Telefon, aber in unseren Betrieb wollte meine Mutter nicht gehen, um Papa nicht
zu beunruhigen. Also wandte sie sich an unsere Nachbarin, die einen kleinen Laden hatte
und deshalb auch ein Telefon. Als sie ihr die Geschichte erzählte, fing diese an zu lachen.
Sie hatte mich nämlich beobachtet, wie ich mich in den Keller schlich. Da meiner Mutter
gar nicht zum Lachen zumute war, kam sie wie eine Furie in den Keller gestürmt und
schimpfte mich furchtbar zusammen, nachdem sie mich gefunden hatte. Erst als sie sich
einige Zeit später beruhigt hatte, fragte sie mich, warum ich mich denn versteckt hatte. Sie
meinte wohl, ich hätte Schwierigkeiten in der Schule. Du musst wissen, ich war sonst
nämlich ein sehr guter Schüler. Als ich ihr sagte, dass in der Schule alles in Ordnung sei,
verstand sie die Welt gar nicht mehr. Im Laufe des Gesprächs fand meine Mutter dann
heraus, dass ich vor dem blauen Poloshirt Angst hatte. Warum, das konnte ich ihr nicht
erklären. Eine Weile später erinnerte sich meine Mutter dann, dass sie mir mit diesem
Shirt einmal eine anständige Ohrfeige gegeben hatte, weil ich sie für die damaligen
Verhältnisse wohl ziemlich provoziert hatte."
„Darf ich dich mal ein paar Sachen fragen?" meldete sich das Mädchen, das aufmerksam
zugehört hatte.
„Aber klar" antwortete der Mann, der sich immer wieder umschaute, ob das ungleiche Paar
nicht zu viel Aufmerksamkeit erregte. Vorsicht ist die Mutter der Porzellankiste, war seine
Devise. Aber anscheinend hatten sich die Leute schon etwas an sie gewöhnt. Zumindest
konnte er nicht feststellen, dass sie beobachtet wurden.
„Also, erklär mir doch einmal, was ist denn bitte eine Furie?"
Charly lächelte. „Entschuldigung, ich hätte mich wohl etwas einfacher ausdrücken sollen.

Aber weißt du, ich bin es nicht gewohnt, dass ich so junge Zuhörer habe. Also, eine Furie ist eine Person, normalerweise eine Frau, die wie wild auf einen zukommt. So ungefähr wie ein mittlerer Wirbelsturm. Die Bezeichnung kommt, glaube ich, aus der römischen Mythologie, also aus den alten Sagen und Märchen vor langer Zeit. Die Furien waren die Rachegöttinnen, die alle verfolgten, die Unrecht getan hatten, und sie bestraften. Das reicht, glaube ich, als Erklärung, oder?"

„Toll, was du alles weißt. Aber ich möchte auch noch wissen, was das ist, provozieren."

Da musste der Mann lachen.

„Ich habe dich wohl ein bisschen überfordert. Das nächste Mal versuche ich, so zu erzählen, dass du es gleich verstehst. Also, provozieren heißt, jemanden so zu ärgern, dass dieser fast die Beherrschung verliert und Dinge tut, die er oder sie normalerweise nicht tun würde. Also zum Beispiel zuschlagen. Reicht das?"

„Also, dann habe ich Mama auch schon oft provoziert" sinnierte Marion.

Charly konnte sich das Lachen nicht mehr verkneifen und lachte laut drauf los. Die Passanten, die vorbeigingen, schüttelten verständnislos den Kopf.

„Siehst du, jetzt ist genau das passiert, was ich immer fürchte. Die Leute sind auf uns aufmerksam geworden. So ein Typ wie ich hat, wenn er überhaupt geduldet wird, in der Ecke zu sitzen und ruhig zu sein. Aber lachen, das bleibt der normalen Gesellschaft vorbehalten. Ein Penner hat nicht zu lachen."

Betroffen starrte Marion ihren Freund an. „Das habe ich nicht gewollt!"

Sie fing gleich an zu weinen.

„Du kannst doch nichts dafür! Weine nicht. Es sind die Menschen selber, die die Regeln aufstellen. Und wer nicht in dieses Regelwerk passt, der muss damit leben, dass er bei jeder Auffälligkeit schief angeschaut wird. Dich trifft wirklich keine Schuld."

„Meinst du wirklich?" flüsterte das Mädchen.

„Aber ja, mach dir keine weiteren Gedanken darüber. Ich bin es gewohnt, von allen schief angestarrt zu werden. Ich mache mir eher Sorgen wegen dir. Weißt du, es ist in unserer Gesellschaft kein Platz für eine solche Freundschaft und darum muss ich ein wenig vorsichtig sein. Du hast ja schon mitbekommen, wie schnell ein Außenseiter wie ich in die Fänge der Polizei gerät. Und außerdem wird es jetzt sowieso Zeit für dich, nach Hause zu gehen."

Marion warf einen Blick auf die Kirchturmuhr. „Oje, ich glaube, du hast Recht. Es wird höchste Zeit für mich. Tschüß, bis morgen" rief das Mädchen und wollte schon loslaufen.

„Einen Moment noch," rief Carly, „du musst nicht meinen, dass du jeden Tag zu mir kommen brauchst. Du hast doch bestimmt Freundinnen, mit denen du etwas unternehmen willst. Und außerdem, hast du sonst denn keine Termine. Ich kann mich noch gut daran erinnern, wie ich oder meine Frau unsere Kinder von einem Termin zum nächsten chauffieren musste. Vom Gitarrenunterricht zur Ballettstunde und von der Freundin zum Eislaufen."

„Ein paar Termine habe ich schon auch. Aber weißt du, da meine Eltern tagsüber wenig Zeit haben, muss ich die meistens auf das Wochenende oder halt so legen, dass einer von beiden daheim ist, um mich zu fahren. Aber die meiste Zeit bin ich im Internet und chatte mit allen möglichen Leuten."

„Aber, ist das denn nicht gefährlich? Ich habe schon viel Negatives gehört. Was sagen denn deine Eltern dazu?"

„Ach, weißt du, ich glaube, die sind froh, dass sie ihre Ruhe von mir haben. Und Papa sagt, wenn mich jemand übers Internet blöd anmacht, dann soll ich es ihm sagen. Er kümmert sich dann darum."

Mit besorgtem Gesicht blickte Charly ihr nach, wie sie um die Ecke des großen Gebäudes verschwand. Er nahm sich vor, ihr bei ihrem nächsten Besuch von einer Begebenheit zu erzählen, die er schon lange aus seinem Gedächtnis zu streichen versuchte.

Drei Tage saß der abgewrackte Mann mit seinem zerschlissenen Parka nun schon am gleichen Platz und sprach kein Wort.

‚Ihre Eltern werden ihr verboten haben, sich weiterhin mit mir zu treffen. Irgendwie sind sie ihr wohl auf die Schliche gekommen' murmelte er leise vor sich hin. Er achtete gar nicht darauf, dass einige Passanten ihm einige Geldstücke in seinen Karton warfen. Sonst war er immer überaus freundlich zu seinen Wohltätern. Anders konnte man solche Menschen, die ihm ein paar Almosen zukommen ließen, in seinem Fall kaum bezeichnen.

Am vierten Tag hellte sich sein Gesicht plötzlich auf. – „Marion!" rief er freudig.

„Ich dachte schon, du dürftest von deinen Eltern aus nicht mehr kommen."

„Ach weißt du, ich war krank. Eine Grippe oder so was. Aber jetzt geht es mir wieder besser und ich kann wieder in die Schule gehen. Leider !"

„Lieber in die Schule als krank" antwortete Charly.

„und, hast du in der Zwischenzeit wieder fest im Internet gechattet?" fragte er.

„Warum interessierst du dich denn so, wie oft ich ins Internet gehe? Du hast doch sowieso keins, oder?"

„Nein, nein. Für so etwas habe ich kein Geld und auch keine Lust. Ich habe dir ja schon das letzte Mal gesagt, dass ich mir Sorgen mache, wenn du so ohne Aufsicht im Internet herumsurfst. Ich hatte da als Kind auch mal ein schlimmes Erlebnis. Damals gab`s zwar noch kein Internet, aber es gab auch damals schon Menschen, die Lust auf Kinder hatten. Wenn du verstehst, was ich damit meine."

„Ja, ja, ich verstehe dich schon. Ich bin doch kein Baby mehr."

„Entschuldige, so hab ich das nicht gemeint. Aber seit damals sehe ich die Welt mit anderen Augen. Ich bin ein bisschen vorsichtiger geworden, wenn es darum geht, dass

Kinder und Jugendliche von erwachsenen, kranken Personen angemacht werden."

„Ist schon okay. Aber jetzt erzähl mir doch mal, wie das war" bohrte Marion nach.

„Schon gut, du neugierige Madame. Ich habe dir ja versprochen, dass ich dir alles erzähle.

„Also, ich war damals so ungefähr neun oder zehn Jahre alt. Zur damaligen Zeit war es noch normal, dass wir Kinder im Wald spielen konnten. Heute traut man sich ja nicht mehr, seine Kinder auch nur einen Weg gehen zu lassen, auf dem sie durch ein Waldstück oder so gehen müssen. In der Nähe von unserem Dorf gab es einen kleinen Hügel, auf dem ein richtiger Urwald wuchs. Für uns Kinder war es das Allerhöchste, dort herum zu tollen. Wir haben auch immer wieder einmal versucht, eine Hütte oder ein Baumhaus oder so etwas Ähnliches zu bauen. Aber in dem Alter waren meine Baukenntnisse noch ziemlich mager. Nichts desto trotz sind wir auch an dem Tag, von dem ich dir berichten will, wieder frohen Mutes hinaus gezogen, um ein Baumhaus zu bauen. Wir, das heißt, mein Bruder und ich, haben unsere Mutter so lange genervt, bis sie uns ein Messer aus der Küche mit gegeben hat. Schließlich mussten wir für unser Haus ja auch Äste und Zweige abschneiden. Für uns waren das damals eher schon kleine Baumstämme.

Auf jeden Fall waren wir gerade feste am Bauen, als am Fuß des Hügels ein rotes Auto anhielt. Der Mann, der aus dem Wagen stieg, war uns allerdings nicht bekannt. Doch, wie ich dir vorher gesagt habe, damals brauchte man noch keine so große Angst vor fremden Leuten zu haben. Dachten wir zumindest.

Na ja, wir sind dann halt in Richtung des Mannes gegangen, weil wir neugierig waren auf die Person, die in unser Revier eingedrungen war. Aus der Ferne konnten wir sehen, wie er seine Hose geöffnet hatte und an seinem Unterleib herumfummelte. Allerdings dachte zumindest ich, dass er am Pinkeln sei. Als er uns bemerkte, kam er auf uns zu und sprach uns an. Sein Gesicht werde ich mein Leben lang nicht vergessen. Am eindringlichsten in Erinnerung geblieben sind mir seine Zahnlücken und seine hervorstehenden

Wangenknochen. Seit dieser Zeit kann ich so hagere Menschen mit Zahnlücken nicht mehr ausstehen.

Aber zurück in den Wald. Der Mann kam auf uns zu und fragte mich, ob ich ‚das heute auch schon gemacht habe'. Da ich dachte, er meine das Pinkeln, habe ich natürlich mit ‚Ja' geantwortet. Nun wollte er sehen, wie das bei mir funktioniert. Nach seinem Willen sollte ich meine Hose ausziehen und es ihm zeigen. Da ich aber gerade nicht pinkeln musste, weigerte ich mich. Da packte er mich von hinten und versuchte, mir die Hose mit Gewalt auszuziehen. Ich fuchtelte wie wild mit meinen Armen. Auf einmal ließ er mich los und rannt zu seinem Auto. Im ersten Moment wussten wir gar nicht, was eigentlich passiert war. Wir sahen zwei Gestalten aus dem Dorf in Richtung unsers Reviers marschieren. Als sie näher kamen, bemerkten wir, dass es zwei Freunde von uns waren. Ob der Fremde deswegen losließ oder ob ich ihm bei meiner Herumfuchtelei mit dem Küchenmesser, das ich immer noch in der Hand hielt, erwischt habe, weiß ich bis heute nicht. Auf jeden Fall hat mir einer dieser Umstände vermutlich das Leben gerettet.

Als wir unsere Freunde begrüßt hatten, machten wir uns wieder an die Arbeit und der ganze Vorfall war vergessen.

Beim Abendessen fragte mich dann mein Bruder ganz beiläufig, ob ich unseren Eltern denn schon den Vorfall vom Nachmittag erzählt hätte. Als ich dies verneinte, wurden unsere Eltern hellhörig und fragten nach. Am Ende meines Berichtes lief mein Vater sofort zu unseren Nachbarn und rief die Polizei an. Als die Beamten dann kamen und ein Protokoll mit uns aufnahmen, verstanden wir die Welt nicht mehr. Für uns war das alles doch nichts Schlimmes. Erst als ich dann heranwuchs, wurde mir die Gefährlichkeit von damals langsam bewusst. Die Polizei kam noch einige Male mit Fotos von Sexualstraftätern, die sie gefasst hatten, bei uns vorbei und legten uns diese gemeinsam mit vielen anderen, ohne dass wir wussten, welches die aktuellen Bilder waren, vor. ‚Unser

Mann' war allerdings nie dabei." Der Mann musste schwer atmen. Marion war sich nicht sicher, ob dies wegen der Anstrengung war, oder ob ihm damit eine richtige Last von der Seele genommen war.

„Vielleicht kannst du nun nachvollziehen, warum ich immer ein mulmiges Gefühl habe, wenn ich miterleben muss, wie leichtsinnig junge Menschen mit solchen Situationen umgehen."

„Uns hat das aber damals auch nicht sonderlich belastet. Schon am nächsten Tag waren wir wieder am Werk. Ich kann heute nicht mehr nachvollziehen, wie unsere Eltern das zulassen konnten. Aber, wie gesagt, es war eine andere Zeit. So etwas war damals eine Ausnahme. Und außerdem hatten sie mit uns schon ab und zu einmal andere Sorgen. Wir waren nicht gerade Engel, was das verüben von Streichen anbelangte. Da kam es schon einmal vor, dass am Abend ein Bauer bei uns zu Hause vorbei kam, um sich von unserem Vater sein Weidezaungerät bezahlen zu lassen. Wir hatten uns den Kasten einfach geschnappt, und als wir einen anständigen Stromschlag abbekommen hatten, waren wir so wütend, dass wir das Gerät nahmen und so lange auf die Straße warfen, bis es kaputt war. Das Dumme dabei war nur, dass uns der Sohn dabei beobachtete und das natürlich sofort zu Hause erzählte. Du kannst dir nicht vorstellen, was wir für diesen Unfug für eine Tracht Prügel bekommen haben" schmunzelte der Berber.

„Aber im Großen und Ganzen war es schon eine schöne Zeit. Zumindest so lange, wie ich noch die Grundschule besuchte. Ich war ja ein schlaues Kerlchen und hatte daher keine Probleme, die Hausaufgaben ruck zuck hinzuknallen und dann wieder auf Achse zu sein."

„Ich kann mich gar nicht mehr erinnern, ob ich lieber in den Kindergarten oder in die Grundschule gegangen bin. Im Kindergarten war da eine Erzieherin, damals mussten wir zu ihnen noch ,Tante' sagen, die war mein absoluter Favorit. Wenn die mich an ihren üppigen Busen gedrückt hat, war der Tag für mich gerettet. Bei der Vorgängerin von ihr habe ich mich nicht so wohl gefühlt. Das hat aber wahrscheinlich daran gelegen, dass wir damals nach dem Mittagessen schlafen mussten. Das war die Hölle für mich. Meine Mutter war mit mir sowieso schon beim Kinderarzt, weil sie sich Sorgen machte, dass ich zu wenig schlafe. Aber der Arzt hat sie beruhigt und gemeint, wenn ich mehr Schlaf brauchen würde, dann würde ich schon schlafen.

Und dann auch noch jeden Tag im Kindergarten einen Verdauungsschlaf halten! Ich erfand tausend Ausreden, um nicht schlafen zu müssen. Mal hatte ich Bauchweh, mal war mir schlecht und was sonst noch alles."

Man sah Charly richtig an, dass es ihm Spaß machte, aus seiner Kindheit zu erzählen. Sei sonst eher fahles Gesicht war mit roten Backen verziert und seine Augen leuchteten.

„Manchmal war es toll, dass wir einen Schäferhund hatten. ‚Rolf' hieß der. Wenn ich mal so gar keine Lust hatte, in den Kindergarten zu gehen und alle Ausreden nichts mehr geholfen haben, habe ich mich in der Hundehütte von unserem Rolf versteckt. Immer hatte ich kein Glück damit, aber zwischendurch blieb mir dadurch der schreckliche Nachmittag erspart."

Plötzlich riss er seinen Mund und seine Augen auf und rief: „Hast du eigentlich schon mal auf die Uhr geschaut. Es ist schon spät. Mach, dass du nach Hause kommst!"

Marion war über den plötzlichen Stimmungswandel richtig geschockt. Ohne auch nur ein Wort der Widerrede stand sie auf und ging los.

Sie drehte sich auch nicht mehr nach Charly um. Er würde sich schon wieder beruhigen.

Vielleicht war er über seine eigene Fröhlichkeit erschrocken und wollte nicht zugeben, dass er im Grunde doch ein ganz netter Zeitgenosse war.

Auf jeden Fall nahm sich Marion vor, den Vorfall von sich aus nicht mehr zu erwähnen.

Die beiden ungleichen Menschen saßen sich auf dem Asphalt gegenüber.

„Warum schaust du heute so böse, Marion" wollte Charly wissen. „Hängt es mit mir zusammen. Haben deine Eltern dir verboten, dich mit mir zu treffen? Bevor du wegen mir Probleme bekommst, bleibe lieber weg!"

„Nein, nein" entgegnete Marion hastig. „Das hat nichts mit dir zu tun. Ich habe heute in der Schule die schlechteste Note herausbekommen, die ich jemals in einer Probe geschrieben habe. Darum bin ich so sauer. Aber hauptsächlich über mich selber! Warst du eigentlich immer ein guter Schüler?"

Der Blick des unrasierten und ungekämmten Mannes ging wieder einmal in die Ferne. Es war, als ob er mit den Gedanken weit weg war. Über sein Gesicht huschte ein undefinierbares Leuchten.

„Also, in den ersten Klassen war ich so etwas wie der Klassenprimus. Und vor allem auch der Liebling der Lehrerinnen. Ich brauchte mich nicht besonders anzustrengen, um gute Noten zu schreiben. Ich glaube, in den ersten beiden Klassen habe ich überhaupt keinen Dreier gekriegt. Später wurde das dann anders. Aber darüber möchte ich eigentlich nicht sprechen. Zumindest jetzt nicht. Dass ich ein guter Schüler war, änderte aber nichts daran, dass ich mich über den Schulschluss und besonders über die Ferien gefreut habe. Am schönsten waren die großen Ferien, weil ich da immer zusammen mit der ganzen Familie zum campen an den Gardasee gefahren bin. Das war vielleicht immer ein Abenteuer. Den ganzen Tag konnten wir Kinder in der Natur herumspringen. Weißt du, mich haben Tiere und Pflanzen schon immer mehr interessiert als eine Eisenbahn oder eine Rennbahn mit so kleinen Flitzern. Für mich gab es auch zu Hause nichts Größeres als in den Wald oder an einen Tümpel zu gehen. Ich kann mich noch an eine Begebenheit vom Gardasee erinnern. Da habe ich in der Frühe, als wir zum Waschhaus gingen, einen Schmetterling gesehen. Der saß auf dem Boden und rührte sich fast nicht mehr. Ich dachte, er ist am Sterben. Heute weiß ich, dass er nur starr von der Morgenkühle war. Meine Begleiter schauten mich verständnislos an, als ich ihnen stolz kundtat, dass es sich bei dem

Schmetterling um einen Schillerfalter handelte. Für die war das alles andere als

interessant. Und ich konnte andererseits nicht verstehen, wie man nicht von so einem Tier

fasziniert sein konnte.

Aber über eine Situation waren wir uns einig. An einem Abend zog ein mächtiges Gewitter

auf. Für uns Burschen war das eine gigantische Sache. Wir hatten ja keine Ahnung, wie

gefährlich so etwas sein konnte. Du musst wissen, dass immer mindestens zwei Familien

zusammen am Gardasee waren. Auch bei diesen Clans gab es Jungs. Komischerweise

kann ich mich nicht daran erinnern, dass auch mal Mädchen dabei gewesen wären. Außer

unserer Schwester natürlich. Aber die gehörte ja irgendwie dazu. Doch nun zu dem

Gewitter. Ich weiß nicht, ob du den Lago di Garda, wie der Gardasee auf Italienisch heißt,

kennst. Außer ganz im Süden stehen rings um den See lauter Berge. Und wenn da ein

Gewitter aufzieht, dann kann das ganz schön heftig sein. So war es auch an diesem

Abend. Zu der Zeit hatten wir noch kein eigenes Zelt. Man konnte sich bei uns zuhause

welche leihen. Und so war die Angst unserer Eltern noch größer, dass dem Zelt und uns

nichts passiert. Die halbe Nacht hingen die Erwachsenen an den Zeltstangen, damit der

Sturm nicht unsere ganze Behausung mitnahm. Mitten während des Unwetters bemerkten

dann meine Eltern, dass ein richtiger Sturzbach durch unser Zelt zu laufen begann.

Notdürftig leiteten die Väter die Wassermassen um das Zelt herum. Aber sie konnten nicht

ganz verhindern, dass Wasser ins Zelt lief. Als der Regen dann nachließ und schließlich

ganz aufhörte, war unsere ganze Einrichtung nass. Da unsere Leute noch keine Erfahrung

mit dem Campen hatten, hatten sie die Zelte so richtig an einen Hang gebaut. Meine

Mutter begann, zu frösteln. Ein deutliches Zeichen, dass eine Erkältung im Anmarsch war.

Wir hatten eine kleine Gasflasche dabei, auf die man einen Heizstrahler montieren konnte.

So war es wenigstens nicht so kalt im Zelt. Aber gegen die Feuchtigkeit konnte man mit so

etwas nichts ausrichten. Der Vater der befreundeten Familie meinte, er habe nicht weit vom Campingplatz eine Hütte oder einen Stadel gesehen. Vielleicht war ja da was Brauchbares drin. Also zogen die Männer los, um nachzuschauen. Sie kamen mit – so kam es mir zumindest damals vor – riesigen Büscheln Heu zurück. Damit konnten wir das Zelt so auspolstern, dass wir nicht direkt auf der nassen Erde liegen mussten. War das eine Wohltat. Als wir dann so gemütlich schlummerten, stieß auf einmal jemand einen lauten Schrei aus. Alle in den Zelten waren hellwach! Es war meine Mutter. Aber was war los? Da sie sich eine richtige Erkältung eingehandelt hatte, musste sie mitten in der Nacht auf die Toilette. Auf den Campingplätzen gab es immer ein oder zwei Sanitärhäuser, zu welchen man nachts auch gehen musste, wenn man ein Bedürfnis hatte. Um auf keinen von uns zu treten, nahm sie eine Taschenlampe, um den Weg auszuleuchten. Als nun der Schein der Lampe an die Zeltwand wanderte, sah sie, dass die ganzen Wände über und über mit Spinnen, Raupen und Würmern voll waren. Diese waren im Heu versteckt und flüchteten nun vor der Nässe! War das ein Anblick! Es sah aus wie in einem Horrorfilm. Nun mussten also die Männer das ganze Heu wieder aus den Zelten schaffen und das Ungeziefer irgendwie raus bringen. An Schlaf war jetzt nicht mehr zu denken! Uns Jungs hat das Ganze natürlich gefallen. Im Gegensatz zu unseren Eltern. Am nächsten Tag bauten wir dann die Zelte wieder ab und suchten einen Platz, der weniger gefährlich war."
Charly war durch die Erzählung ganz aufgeregt.
„Die ganzen Erinnerungen machen mich fertig. Sei mir bitte nicht böse, aber ich möchte nach der ganzen Geschichte alleine sein. Das hat nichts mit dir zu tun. Bei mir kommen durch das Erzählen einfach zu viele Emotionen hoch."
„Entschuldige, wenn ich dich noch mal etwas fragen muss, aber was bitte sind Emotionen?"
Charly musste lachen.

„Meine Schuld. Ich vergesse manchmal, dass du noch nicht so erwachsen bist. Emotionen sind nichts anderes wie Gefühle. Also kommen bei mir Gefühle hoch, die schwer für mich zu verarbeiten sind."

„Okay, ich will nicht, dass du dich quälst. Ich geh dann mal. Mach's gut!"

Schon von weitem sah Marion eine riesige Menschenmenge an der Stelle stehen, an der Charly immer saß. Voller Vorahnungen wurden die Schritte des Mädchens schneller. Vor lauter Geschrei konnte sie nichts verstehen. Sie schnappte nur Wortfetzen wie ‚eingesperrt gehört das Pack' und ‚warum unternimmt die Polizei nichts'. Sie drängelte sich zwischen den Erwachsenen durch, um etwas von dem Geschehen hinter der Barriere aus Männer- und Frauenrücken mit zu bekommen. Als sie weit genug vorne war, sah sie ein paar junge Männer in schwarzen Lederjacken und mit Springerstiefeln um eine am Boden liegende Gestalt herum stehen. Zwei von ihnen hatten eine Glatze. Sie grölten Parolen, die Marion nicht verstand. ‚Der Adolf hätte kurzen Prozess mit solchen Burschen wie mit dir gemacht' oder ‚so einer gehört doch in ein Arbeitslager gesteckt'. Da wurde ihr plötzlich ganz anders. ‚Neonazis!' dachte sie erschrocken. Sie hatte bis jetzt nur in Gesprächen zwischen Erwachsenen und im Fernsehen von solchen Gruppierungen gehört. Das Einzige, was sie von ihnen wusste, war, dass sie gegen Ausländer waren und die Werte des Nationalsozialismus schätzten. Neu war ihr, dass sie auch gegen andere Randgruppen der Gesellschaft mobil machten. ‚Hoffentlich hat jemand aus der Menge die Polizei benachrichtigt' ging es ihr durch den Kopf.

Kaum, dass sie den Gedanken richtig gefasst hatte, hörte sie auch schon das Martinshorn des Streifenwagens.

Zwei Beamte in Uniform kamen im Eiltempo auf die Menschenmenge zugelaufen. Einer von ihnen hatte ein Funkgerät am Mund. ‚Verstärkung' vernahm Marion den letzten

Wortfetzens des Polizisten. Die Beamten waren noch nicht richtig bei der Menschentraube angekommen, da ertönten auch schon die nächsten Polizeisirenen. Nun ging alles ganz schnell. Die Menschen teilten sich und die Polizeibeamten gingen mit gezogener Waffe auf die Skinheads zu. Mit stolz geschwellter Brust ließen sich die Randalierer festnehmen. Beim Vorbeigehen bemerkte Marion, dass mindestens einer von ihnen ganz fürchterlich nach Alkohol roch.

„Habe ich eine Angst um dich gehabt" meinte das Mädchen, nachdem sich die Menschenmenge verloren hatte. „Ich dachte schon, die haben dich umgebracht".

„Nein, nein" flüsterte Charly fast. „Denen geht es doch nur um Randale. Die haben ein Opfer für ihre Aggressionen gesucht und ich war dabei gerade da. Man könnte sagen, zur falschen Zeit am falschen Ort. Meiner Meinung nach ist das aber alles verkehrt. Ich glaube an so etwas wie Vorherbestimmung.

Aber es ist schon lustig, dass mir dieses Mal die Polizei helfen musste. Ich glaube, wenn die gewusst hätten, wem sie da helfen müssen, dann hätten sie sich noch ein bisschen Zeit gelassen".

„Hast du denn keine Angst gehabt?" wollte Marion wissen.

„Oh doch" gab der Mann zurück. „Diese jungen Männer sind wie Pulverfässer. Schon der geringste Anlass kann sie zum Explodieren bringen. Deshalb habe ich ja auch alles mit mir anstellen lassen und mich nicht gewehrt. Manche Mitmenschen fassen das als Schwäche auf. Für mich ging es aber in dem Moment um nichts anderes als ums Überleben. Wenn die nämlich mal anfangen zu prügeln, kann es schon sein, dass sie erst wieder aufhören, wenn man sich nicht mehr rührt. Und im schlimmsten Fall ist man dann tot".

„Das wäre aber schlimm!" rief Marion.

„Ich glaube, wir sollten heute nicht länger zusammen sein" grübelte Charly vor sich hin.

„Erstens bin ich ziemlich erledigt, und zweitens schauen aus allen Fenstern unsere ‚lieben

Mitmenschen' zu, was wir beide nun anstellen. Ich habe keine Lust, wie ein Affe im Zoo da

zu stehen und mich anglotzen zu lassen. Auch wenn es nur hinter Vorhängen oder einem

Regal ist. Ich gehe in mein Quartier und ruhe mich aus. Und du gehst heute mal früher

nach Hause. Keine Widerrede!" warf Charly noch hinterher, als er bemerkte, dass Marion

den Mund aufmachen wollte, um zu protestieren.

Am nächsten Tag war es dann, als ob das zurück liegende Ereignis nur ein Albtraum

gewesen wäre.

„Hallo, kleine Madame" begrüßte Charly gut gelaunt das Mädchen mit dem Rucksack.

„Hallo Charly" erwiderte Marion. „Wie geht's dir?" wollte sie ehrlich wissen.

„Wenn man bedenkt, was gestern hier los war, geht es mir eigentlich ganz gut. Bloß dass

ich gestern noch Besuch von den Bullen hatte. Die haben mich doch tatsächlich gefragt,

ob ich Anzeige gegen die Jungs erstatten möchte. So ein Witz!"

„Was ist denn daran so witzig?" wollte das Mädchen wissen.

„Stell dir doch mal vor, ich und eine Anzeige erstatten. Was hätte ich denn bei Adresse

angeben sollen? Etwa dritte Parkbank von links, oder was? Nee, nee, das lass ich lieber

bleiben. Aber du bist doch bestimmt gekommen, weil du möchtest, dass ich weiter erzähle.

Stimmt's?"

„Ja, auch. Aber ich wollte schon auch wissen, wie es dir geht" gab die Kleine zurück.

„Danke. Es ist schon lange her, als mich jemand nach meinem Befinden erkundigt hat.

Mein Vater hat das übrigens nicht so oft gemacht. Ich muss allerdings auch zugeben, dass

wir es ihm auch nicht immer leicht gemacht haben. Ich war als Junge ein ziemlicher

Sturkopf.

„Einmal waren wir zum Beispiel im Schiurlaub im Kleinen Walsertal. Das ist in den Bergen

zwischen Deutschland und Österreich. Da hat es das ganze Wochenende geschneit was

nur runter ging. An Schifahren war gar nicht zu denken. Die Lawinengefahr war zu groß und auch die Pistenraupen konnten nicht fahren. Wir haben eine halbe Stunde gebraucht, bis wir unser Auto aus dem Schnee ausgebuddelt hatten.

Ich war stinksauer. Beim Heimfahren habe ich dann einen Skilift gesehen, der in Betrieb war und auch einige Schifahrer. Zur damaligen Zeit war die Ausrüstung noch nicht so modern wie heute. Ich weiß ja nicht, ob du dich damit auskennst."

„Ja, ich fahre auch Schi. Aber am liebsten fahre ich Snowboard."

„Siehst du, das meine ich. Damals waren meine Schi noch aus Holz. Und die Schuhe aus Leder und zum schnüren. Da musste man schon eine ganze Zeit einkalkulieren, bevor man anfangen konnte Schi zu laufen. Auch die Kleidung war noch nicht so modern. Da gab es kein Goretex oder sonst irgendwelche Wasser abweisenden Materialien. Wenn man früher nass war, dann war man durch und durch nass. Und die Klamotten wurden schwer.

Und dann war da dieser Schneefall. Aber ich habe so lange gequengelt, bis meinem Vater der Kragen platzte. Er fuhr an den Parkplatz des Lifts, zog mir unter viel Geschimpfe meine Schuhe an, machte auch sich startklar und fuhr mit mir mit dem Lift nach oben. Du musst wissen, dass ich zu der Zeit noch nicht richtig Schi laufen konnte. Meine Fähigkeiten beschränkten sich eigentlich auf das Geradeausfahren. Und mit einem Schilift bin ich bis zu diesem Zeitpunkt auch noch nicht gefahren. Du kannst dir vorstellen, wie ich mit angestellt habe! Und das eben alles im stärksten Schneegestöber.

Nach einigen Anläufen haben wir es dann aber doch geschafft. Und kaum war ich oben, ging es schon los! Kaum hatte ich einige Meter auf den Schiern zurückgelegt, steckte ich auch schon mit dem Kopf im Schnee. Woher sollte ich auch wissen, dass man in den Bergen Kurven fahren musste! Also musste mir mein Vater bei diesem Sauwetter auch noch beibringen, wie man einen Schneepflug macht. Seine Laune kannst du dir bestimmt vorstellen. Für eine Strecke, die ich dann später in ein paar Minuten gefahren bin, haben wir damals fast eine Stunde gebraucht!

Ich war durchgefroren, nass und total am Ende. Ich habe Rotz und Wasser geheult!

Aber ich habe meinen Kopf durchgesetzt!"

„Hast du denn dann auch noch richtig Schi fahren gelernt?" fragte Marion.

„Aber natürlich. Und ich glaube, ich bin sogar ganz gut gefahren. Aber daran brauche ich

heute gar nicht mehr zu denken. Mein Körper würde da nicht mehr mitspielen und das

Geld dafür habe ich natürlich auch nicht. Schade eigentlich. Das waren tolle Zeiten. Ich bin

dann übrigens oft mit dem Freund gefahren, der mich damals vor dem Sexualstraftäter

gerettet hat."

„Waren in eurer Clique eigentlich keine Mädchen?" fragte das Mädchen mit einem frechen

Grinsen auf dem Gesicht.

„Mädchen!" rief Charly. „Um Himmels willen. Was hätten wir denn mit denen anstellen

sollen. Die wären uns doch bloß im Weg gewesen. Obwohl ich schon ziemlich früh

angefangen habe, mich für das andere Geschlecht zu interessieren. Ich wollte sogar

schon in der ersten Klasse heiraten."

„Was, und du sagst, ihr habt nicht gewusst, was ihr mit Mädchen anstellen sollt."

„Ich habe ja gesagt, ich habe mich schon ziemlich früh für das weibliche Geschlecht

interessiert. Meine Angebetete hieß Rosi und war bei mir in der Klasse. In meiner Fantasie

habe ich mir ausgemalt, dass wir eine Hütte am Waldrand besitzen. Ich wäre zum Pilze

und Beeren sammeln gegangen. Im Nachhinein ist es schon lustig, was für Ideen man als

junger Mensch hat. Ich habe mir überhaupt keine Gedanken darüber gemacht, was in der

übrigen Zeit passieren sollte, in der es keine Beeren und Pilze gibt. Ich hatte in der

Grundschule eigentlich in jeder Klasse eine Favoritin. Meine Mitschüler konnten das nicht

verstehen. Aber ich glaube, ich war schon immer ein kleiner Träumer. Und das war auch

schuld an meinem ersten Verkehrsunfall."

„Hast du etwa auf dem Fahrrad geträumt und bist dann in ein Auto gefahren?" spöttelte Marion.

„Sei nicht so frech, du Göre! Ob du es glaubst oder nicht, ich habe zu Fuß ein Mofa zu Sturz gebracht. Allerdings hatte ich massive Unterstützung von einem Blecheimer. Ich wollte nämlich damals zum Schwarzfischen gehen. So habe ich das jedenfalls empfunden. Durch unser Dorf lief ein kleines Bächlein. Und an einer Stelle, die ich auf meinem Schulweg jedes Mal beobachtete, hatten Entenzüchter zu früherer Zeit eine Einstiegshilfe für ihre Schnattertiere gebaut. Da war in die Böschung eine richtige Rampe hineingebaut. Und genau in dieser Rampe stand jeden Tag ein großer Fisch! Den wollte ich fangen. Also schnappte ich mir zuhause einen Eimer, bog mir aus einem alten Nagel einen Haken zurecht und band diesen an einen Spagat. Kennst du das? Ich glaube, heute sagt man eher Paketschnur oder so dazu. In unserem Garten fing ich dann noch einige Würmer. Das Ganze packte ich dann zusammen und marschierte los in Richtung Bach. Wie ich schon gesagt habe, träumte ich einmal wieder und ging ohne zu schauen über die Straße. Ich muss zu meiner Entschuldigung sagen, dass zur damaligen Zeit kaum Verkehr war. Wenn da pro Stunde vielleicht zwei Autos vorbei fuhren, war das auch schon alles. Auf jeden Fall habe ich den Mofafahrer weder gesehen noch gehört. Als ich dann mitten auf der Fahrbahn war, hörte ich jemanden schreien. Erschrocken sah ich hoch und sah das Mofa. Vor lauter Schreck ließ ich einfach den Eimer mit meiner ganzen Ausrüstung fallen und sprang zur Seite. Der Fahrer des Mofas war ein älterer Herr aus einer Nachbargemeinde. Der konnte nicht so schnell reagieren und fuhr frontal in den Blecheimer. Das hat ganz schön gescheppert! Und dann lag der Mann auf dem Boden und schrie. Ich weiß heute nicht mehr genau, was ihm passiert ist. Ich glaube, er hatte sich irgendetwas gebrochen. Größere Sorgen machte ich mir damals darüber, dass die Polizei nicht bemerkte, was ich vorhatte. Eine Anwohnerin hatte nämlich von der Schule aus, die ja nicht weit entfernt war, bei der Polizeistation angerufen. Und prompt kamen die dann.

Gleich nach der Polizei kam auch schon der Dorfarzt. Soweit ich mich noch erinnern kann,

war das an einem Nachmittag. Du kannst davon ausgehen, dass der Mofafahrer nach der

Untersuchung durch den Doktor keine Narkose mehr gebraucht hat. Unserem Doc hat

nämlich der Cognac äußerst gut geschmeckt. Und am Nachmittag, wenn er unterwegs war

zu seinen Hausbesuchen, hatte er schon seine Patienten, die mit einem guten Gläschen

Weinbrand auf ihn warteten. Nach dem Besuch bei diesen Spezialpatienten konnte man

dann meistens nichts mehr mit ihm anfangen. Damals habe ich das noch nicht verstanden.

Heute weiß ich, dass der Mann alkoholkrank war. Und das als Arzt!"

„Entschuldige, wenn ich dich unterbreche, aber ich muss jetzt gehen. Heute Nachmittag

kommt einen Freundin zu mir. Wir machen dann zusammen Hausaufgaben und lernen.

Morgen schreiben wir nämlich eine Probe" fiel ihm das Mädchen ins Wort.

„Aber klar doch! Du brauchst nur zu sagen, wann ich aufhören soll. Wenn ich in meinen

Erinnerungen vertieft bin, vergesse ich die Zeit. Ich wünsche dir für morgen viel Glück und

Erfolg. Seid heute Nachmittag noch recht fleißig".

Marion konnte sich getäuscht haben. Aber es kam ihr einen Augenblick so vor, wie wenn in

den Augen mit den vielen Runzeln Tränen gestanden hätten.

IV.

„Na, wie ist es dir bei deiner Probe ergangen?" begrüßte Charly Marion am nächsten Tag.

„Eigentlich ganz gut. Ein paar Sachen habe ich nicht gewusst. Aber die meisten Antworten,

die ich hingeschrieben habe, sind richtig" gab das Mädchen zur Antwort.

Weißt du, was mich interessieren würde? Warum du nicht über deine Zeit auf dem

Gymnasium sprechen möchtest. War es da so schlimm?"

„Schlimm ist nicht ganz der richtige Ausdruck. Schlimm war nur, dass ich es nicht gewohnt war, schlechte Noten zu schreiben. Ich brauchte mich in der Grundschule ja nicht anzustrengen, um gute Noten zu kriegen. Und ich dachte, das geht auf der höheren Schule auch so weiter. Aber da bekam ich schon bald einen Dämpfer. Und als ich dann die ersten schlechten Zensuren erhielt, verlor ich auch schon die Lust am Lernen. Dazu kam noch, dass ich dann ich eine Clique hineinkam, die einen schlechten Einfluss auf mich hatte. Zu der Zeit war unsere Schule einer der größten Drogenumschlagplätze in der ganzen Umgebung. Da kam es schon vor, dass einige Schüler in den Sommerferien mit dem VW- Bus nach Indien fuhren und eine ganze Ladung Haschisch mitbrachten. Und ich fand es cool, da auch dazu zu gehören. Du weißt ja bestimmt, dass durch den Konsum von Drogen die schulischen Leistungen ganz schnell nachlassen. So war das auch bei mir. Und als ich dann gar keinen Ausweg mehr wusste, bin ich einfach ganz weg geblieben. Das ging eine ganze Weile gut. In den Pfingstferien in der siebten Klasse kam dann ein Brief von der Schule mit einer Entlassungsandrohung. Meine Eltern sind natürlich aus allen Wolken gefallen. Die hatten keine Ahnung, was ihr Sohnemann so alles treibt. Und was auch noch schlimm war, ich hatte fast alle Freunde verloren. Das Gymnasium war in der nächsten Stadt. Also hatte ich automatisch weniger Kontakt zu meinen ehemaligen Mitschülern. Auch die Lehrkräfte im Gymnasium taten ihr übriges dazu. Zum Beispiel war damals der Name Gymnasium noch nicht so gebräuchlich auf dem Land. Da sagte man ‚Oberschule'. Uns wurde aber eingetrichtert, dass wir auf ein Gymnasium gehen. Wenn mich also jemand darauf ansprach, wie es mir beispielsweise auf der Oberschule geht, habe ich ihn verbessert und gesagt, ich gehe nicht auf eine Oberschule, sondern auf ein Gymnasium. Du kannst dir vorstellen, dass das so manchen irritiert hat und man mich als überheblich abstempelte. Auch wurde uns immer wieder eingetrichtert, keinen Dialekt zu sprechen. Also habe ich bei meinen Antworten darauf geachtet, möglichst nach der Schrift zu reden. Und das auf einem Dorf! Es war aber nicht alles schlecht in der Schule. So habe ich dort gelernt, wie man systematisch lernt. Das hat mir bei späteren Lehrgängen und Kursen so manches Mal geholfen.

Eigentlich waren es aber zwei ganz andere Punkte, die mich davon abhielten, weiter auf das Gymnasium zu gehen. Zum einen war das eine Einrichtung von einem Orden. Und das hieß, dass grundsätzlich jeden Morgen gebetet wurde. Und wenn man ein Gebet nicht auswendig konnte, hatte man den ganzen Tag schlechte Karten bei den Lehrern. Der zweite Punkt war direkt mit einem Mitschüler verbunden. Die Eltern von ihm hatten ein großes Geschäft in der Stadt. Der Junior war aber auch in unserer Haschischrunde und somit auch ziemlich schlechte Noten. Ich weiß nicht, wie es heute ist, aber damals ist man mit zwei Fünfen sitzen geblieben. Und mein Mitschüler hatte zwei Fünfen im Zwischenzeugnis, und zwar in Mathe und in Deutsch. Also in zwei Hauptfächern. In Deutsch hatten wir einen Pater als Lehrer, der war so dick, dass er beim Morgengebet seine gefalteten Hände nicht über seinen Bauch brachte. Die lagen immer oben drauf. Und plötzlich erfuhren wir also, dass dieser Pater zu den Eltern des Mitschülers eingeladen war. Ob du das glaubst oder nicht, in der nächsten Zeit hatte der Bursche auf einmal einen Dreier in Deutsch. Ohne irgendwelche Zusatztests. In einer Ausgabe unserer Schülerzeitung erfuhren wir dann, dass von besagter Familie eine stattliche Summe an die Schule gespendet worden ist. Das war doch eine Sauerei, oder? Zu der Zeit hatten meine Eltern einen kleinen finanziellen Engpass wegen der Firma. Und dann kommt doch kurze Zeit nach der besagten Spende ein Bittschreiben an alle Eltern zur Unterstützung eines Missionsprojektes des Ordens. Und weißt du, was da drin stand? ‚Nur Scheine erwünscht'. Und da soll es einem noch Spaß machen, in so eine Schule zu gehen!"

Charly kam bei den Erinnerungen an diese Zeit ganz schön in Rage.

„Nun beruhige dich doch wieder" besänftigte ihn Marion.

Nach einer kleinen Weile wurde der aufgebrachte Mann sichtlich entspannter.

„Tut mir leid, dass ich so wütend war. Aber die Gedanken an meine Jugend machen mich wütend und auch traurig. Wütend vor allem wegen der vielen verlorenen Chancen, die ich versiebt habe. Und traurig, weil es doch auch eine schöne Zeit war. Als ich vom Gymnasium zurück an die Hauptschule wechselte, waren meine ehemaligen Klassenkameraden ganz ordentlich reserviert. Ich hatte ihnen ja schließlich auch einige Male vor den Kopf gestoßen. Mit der Zeit legte sich das aber wieder und ich konnte mich ganz gut in die Klasse integrieren. Ganz unschuldig ist da unser Klassenlehrer auch nicht gewesen. Der hat mich ganz schön ran genommen im Unterricht. Und als ich dann in einigen Probe meine Nachbarn abschreiben ließ, war der Bann endgültig gebrochen.

Am meisten Kontakt zur Dorfjugend bekam ich aber durch den Sport. Ich war damals ziemlich aktiv. Sieben Tage in der Woche ging ich zu einer anderen Sportart. Montags Geräteturnen, dienstags und freitags Tischtennis, Mittwoch, Samstag und Sonntag Fußball und noch zuletzt am Donnerstag zum Judo. Ich war total fit zu der Zeit. Obwohl ich damals schon geraucht habe und mir auch der Alkohol recht gut schmeckte, hatte ich eine Kondition wie ein Hochleistungssportler. Das machte sich in allen möglichen Lebenslagen bemerkbar. So machte es mir nichts aus, vom Nachbardorf mal eben nach Hause zu joggen. Das waren immerhin so fünf Kilometer.

Am besten war ich eigentlich im Tischtennis. Ich war wohl überall Durchschnitt, aber da war ich im oberen Mittelfeld. Zumindest solange ich fleißig trainiert habe. Ich habe es sogar mal bis zur Vizemeisterschaft in unserem Bezirk gebracht. Aber im Doppel. Mein Partner hat denke ich schon den Löwenanteil an dem Erfolg gehabt. Der wurde dann im Einzel auch Bezirksmeister.

Zum Fußball spielen war ich eigentlich nicht recht talentiert. Das muss die nächste Enttäuschung für meinen Vater gewesen sein. Er war nämlich ein ganz guter Spieler, zumindest für seine Spielklasse. Und seine Kinder waren alle fußballerisch unbegabt. Was das Geräteturnen anbelangt, da habe ich es im Verein nicht sehr weit gebracht. Ich habe

dann auch keine Lust mehr zum trainieren gehabt. Das Angenehmste am Turnen war,

dass da auch Mädchen dabei waren. Du weißt ja, von wegen Interesse am weiblichen

Geschlecht. Ein Mädchen war dabei, die war für ihr damaliges Alter schon super

entwickelt. Da wurde mir immer ganz anders, wenn die in ihrem engen Trikot am

Stufenbarren herum schwang. Da hatte ich so manchen aufregenden Gedanken. Aber

leider habe ich mich nie getraut, sie auf diese Geschichte hin anzusprechen. Also blieb

alles nur ein Traum.

Beim Judo war das kein Problem. In den Judoanzügen sehen Mädchen und Jungs

sowieso gleich aus. Ich hätte mir bloß ab und zu gewünscht, dass einem Mädchen mal der

Anzug aufgeht und sie nichts drunter anhat. Aber wie ich dir ja schon mal gesagt habe, ich

war halt ein Träumer."

„Ich glaube, du warst nicht nur ein Träumer, sondern ein ganz schlimmer Finger!" empörte

sich Marion. „Das sind ja schon fast Gedanken wie bei einem Macho."

„Wie ich dir ja gesagt habe, waren das alles nur meine Gedanken. Ich wäre nie auf die

Idee gekommen, ein Mädchen gegen ihren Willen anzufassen oder sonst irgendwie zu

belästigen" beruhigte der Mann das Mädchen.

„Aber es hört sich ganz schlimm an" gab Marion trotzig zurück.

„Ich habe das ja auch nur dir erzählt. Du bist ja schließlich meine beste Freundin

geworden" antwortete Charly sanft.

Bei solchen Schmeicheleien konnte Marion nicht widerstehen. Sie stand auf und gab dem

verdutzten Mann trotz seiner Warnungen einen dicken Schmatz auf die rechte Wange.

„Tschüss, bis morgen" rief sie und sprang davon.

Der Mann, der viel älter aussah als er in Wirklichkeit war, saß noch lange so da, wie das

Mädchen ihn verlassen hatte.

„Warst du eigentlich bei deinem Sport immer alleine?" wollte Marion am nächsten Tag von Charly wissen. Sie hatte lange Zeit über die Geschichte nachgedacht. „Ich würde auch gerne so viel Sport machen. Aber meine Eltern sagen, dass ich lieber was für die Schule tun soll. Und außerdem hätten sie keine Zeit. Ich möchte ja gar nicht mit ihnen zusammen Sport treiben. Aber das interessiert sie nicht. Dabei lerne ich doch sowieso schon, bis mir der Kopf raucht. Mehr geht da gar nicht mehr hinein."

„Weißt du, mit dem Gedächtnis ist es wie mit einem Regal. Irgendwann ist es voll. Da kann man noch so viel hineinstopfen. Das Einzige, was dann passiert, ist, dass auf der anderen Seite dafür etwas heraus fällt" gab Charly zu bedenken.

„Aber deine Eltern werden schon wissen, was gut für dich ist und was nicht". An dem verächtlichen Geschnaufe bemerkte er allerdings, dass Marion gar nicht dieser Ansicht war.

„Unternimmst du denn nichts mit deinen Eltern?" wollte Charly neugierig wissen.

„Nein, ich habe dir doch schon gesagt, die haben keine Zeit. Und am Wochenende sind sie immer total ausgelaugt. Da haben sie mir lieber einen Fernseher für mein Zimmer gekauft. Dann haben sie im Wohnzimmer vor mir Ruhe und können anschauen, was sie wollen".

„Ich habe mit meinen Eltern zwar auch nicht immer etwas unternommen, aber das hätte ich auch gar nicht brauchen können. Was aber immer schön war, war der gemeinsame Sport. Schi fahren und Wandern haben wir immer gemeinsam getrieben. Und natürlich, wenn dann irgendwelche Feste anstanden. Da waren wir dann immer gemeinsam vertreten. Auch wenn mir das nicht immer gepasst hat. Auf der Weihnachtsfeier unseres Tischtennisvereins gab es jedes Jahr eine Tombola. Da wurden die Kugeln von einem Weihnachtsbaum versteigert. Auf jeder Kugel stand eine Nummer. Wenn alle Kugeln versteigert waren, gab unser Vorstand die Nummern und die dazugehörigen Preise bekannt. Der Hauptpreis war meistens ein Geschenkkorb mit allerlei feinen Sachen drin.

Einmal hatte ich das Glück, den Hauptpreis zu gewinnen. Wir haben dann in dem Lokal

gleich den Sekt aus dem Korb geköpft und aus einem Maßkrug getrunken. Ich glaube, das

war einer meiner schlimmsten Räusche in meiner Jugend. Ich weiß bis heute nicht, wie ich

damals nach Hause gekommen bin.“

„Und deine Eltern haben nicht geschimpft, weil du so betrunken warst?“ wunderte sich

Marion.

„Zu der Zeit gehörte es zum guten Ruf, auf Festen anständig zu bechern. Da gab es keine

Probleme von den Eltern, solange alles in geordneten Bahnen ablief. Wehe aber, wenn

einer von uns Jugendlichen randaliert hätte oder sich sonst böse daneben benommen

hätte. Dann hätte es ordentlich gekracht!“ erklärte Charly.

„Ich habe damals in einer Musikband gespielt. Die sind zu der Zeit wie Pilze aus dem

Boden geschossen. Wir haben immer mittwochs geübt. Bei meinem Freund im Keller. Der

hatte so verständnisvolle Eltern, dass ich immer neidisch auf ihn war. Denen hat es nichts

ausgemacht, wenn wir am Abend oder am späten Nachmittag Krawall mit unseren

Instrumenten gemacht haben. Anders kann man das nicht bezeichnen. Zumindest am

Anfang. Mit der Zeit haben wir dann einige ganz nette Stücke zusammen gebracht. Einmal

sind wir sogar auf einer Jugendparty aufgetreten.“

„Was ist das, eine ‚Jugendparty‘?“.

„Das gibt es heute nicht mehr. Zur damaligen Zeit war das noch nicht so ganz einfach mit

der so genannten Popmusik. Ich habe mein erstes englisches Lied erst in der fünften

Klasse gehört. Damals herrschten im Radio noch deutsche Schlager oder Volksmusik vor.

Mein Vater hat es bis zu seinem Tod nicht ausstehen können, wenn englische Lieder

gespielt wurden. Und darum hat damals eine Gaststätte in unserem Dorf an einem

Sonntag im Monat am Nachmittag eine Jugendparty veranstaltet. Da wurden dann englische Lieder aus den Charts gespielt und wir konnten dazu tanzen und miteinander quatschen. Und manchmal gab es auch Livemusik. Bei so einer Gelegenheit sind wir dann eben auch aufgetreten. Wir standen zwar nicht lange auf der Bühne, aber wir sind uns vorgekommen wie unsere großen Vorbilder aus der ‚Bravo'. Die gibt es heute schon auch noch, oder?" unterbrach sich der Mann selber.

„Na klar," antwortete die Kleine, die sich vor seinen Füßen niedergelassen hatte. „Aber das ist nur eine von was weiß ich wie viel Zeitschriften für Jugendliche."

„Na ja. Damals war die ‚Bravo' jedenfalls das Non plus ultra für uns. In der stand alles, was uns Jugendliche interessiert hat. Die ältere Generation war ziemlich skeptisch. Immerhin standen da auch Aufklärungsberichte und solche Sachen drin. Die Zeit war damals eigentlich noch gar nicht reif für solche Berichte. Aber wir haben sie natürlich verschlungen. Von unseren Eltern wurden wir nicht aufgeklärt. Die waren der Meinung, das sei Sache der Schule. Ich habe meine Mutter nie auch nur annähernd nackt gesehen. So etwas gehörte sich damals nicht. Meinten sie zumindest.

In unserem Übungskeller haben wir auch einige ganz schön heiße Partys gefeiert. Das waren dann so Möglichkeiten, die Theorie aus der ‚Bravo' praktisch auszuprobieren. In der Öffentlichkeit hätten wir uns sowieso nicht getraut, ein Mädchen so richtig anzumachen. Und die Freundinnen, die meine kleine Schwester immer nach Hause gebracht hat, waren mir zu jung. Damals zumindest. Da gab's dann auf den Festen schon auch mal eine Runde ‚Flaschen drehen'. Dabei konnten wir ungeniert knutschen, wenn das Glück uns hold war und die Richtige ausgelost wurde. Das war eine ganz interessante Zeit. So die ersten intensiven Erfahrungen mit dem anderen Geschlecht. Die meiste Zeit wurde auf den Partys allerdings nur recht viel Alkohol getrunken. Es galt in unserer Clique als schick, einen Rausch zu haben oder zumindest angeheitert zu sein. Ich habe damals nicht kapiert, dass dies eine ganz schlechte Angelegenheit war. Ich hoffe, du hast noch nicht angefangen, regelmäßig Alkohol zu trinken!?" raunte Charly das Mädchen an.

„Ich habe ein paar Mal einen Schluck Wein oder Bier probiert. Aber das schmeckt mir nicht" beruhigte Marion den Berber.

„Das Schlimme ist auch nicht ein Glas Wein oder eine Flasche Bier. Schlimm sind die Mischungen, in denen stärkere Sachen drin sind. Bei uns war damals zum Beispiel weißer Rum mit Cola angesagt. Ich weiß nicht, was die Jugend heute so trinkt. Ich könnte es mir sowieso nicht mehr leisten. Aber ich bin der Überzeugung, dass mein späteres Schicksal schon damals festgelegt wurde. Von dem Alkohol bin ich nie mehr ganz weg gekommen. Und letztendlich war es, glaube ich, hauptsächlich der Alkohol, der mich in den Abgrund gestürzt hat." Bei diesen Gedanken war wieder die Härte auf dem Gesicht des Mannes zu erkennen, die Marion schon manchmal verängstigt hatte. Sie wagte nicht, ihn in dieser Situation anzusprechen.

„Ich glaube, für heute möchte ich dir nicht mehr über meine Vergangenheit erzählen. Ich bin jetzt wieder in einer Verfassung, in der ich nicht weiß, ob ich lachen oder weinen soll, weil du diese ganzen Erinnerungen in mir wach gerufen hast. Aber ich habe dir versprochen, dass ich dir meine Geschichte erzähle. Und wenn ich auch sonst zu nichts nütze bin, dieses Versprechen halte ich" überlegte der Mann wohl mehr zu sich selbst hin als dass diese Gedanken für das Mädchen zu seinen Füßen gedacht waren.

„Ich gehe jetzt auch besser nach Hause. Es wird Zeit" antwortete die Kleine und stand auf. Sie hatte heute wieder ganz besonders Mitleid mit ihrem verwarlosten Freund. Bevor sie jedoch anfing zu weinen, wollte sie lieber aus der Sichtweite des Mannes sein. Sie hatte Angst, dass er dann nicht mehr weiter aus seinem Leben erzählen wollte.

Marion wollte ihren Augen nicht trauen. War das wirklich ein Schäferhund, der da vor Charly lag? Wo hatte er denn den her?

Charly sah das verdutzte Gesicht des Mädchens und lachte.

„Keine Bange. Ich bin nicht übergeschnappt. Der Bursche da gehört einem Kumpel. Der muss heute aufs Amt und hat mich gebeten, so lange auf seinen Köter aufzupassen. Du weißt ja, dass ich mit einem Schäferhund aufgewachsen bin. Den Umgang mit Hunden verlernt man nicht so leicht. Darum ist seine Wahl auf mich gefallen. Ich persönlich würde mir kein Tier zulegen. Da ist man viel zu sehr angebunden. Das war auch der Grund, warum ich mir in meinem früheren Leben nie ein Haustier angeschafft habe".

„Wie macht er denn das mit dem Fressen für den Hund? Ihr habt doch oft selbst nicht genug zu essen. Wie kann man dann noch ein Tier durchfüttern?" wollte Marion ehrlich wissen.

„Tja, jetzt kommen wieder unsere lieben Mitmenschen ins Spiel. Du wirst es nicht für möglich halten, aber wenn du einen Hund dabei hast, spendieren dir die Passanten mehr als wenn du alleine dasitzt. Das ist wie im richtigen Leben. Ich weiß das noch gut aus der Zeit, als ich als Schreinereiinhaber zu Kundschaften gefahren bin. Da haben sich oft Abgründe aufgetan. Wenn sich so manche Paare aus der besseren Gesellschaft auch nur halb so viel um ihre Kinder gekümmert hätten wie um ihre Tiere, hätten die Kleinen den Himmel auf Erden gehabt. Ich habe Kunden gehabt, die haben für die Hundehütte mehr Geld ausgegeben als für das Kinderzimmer."

„Das glaube ich dir jetzt aber nicht" protestierte Marion ungläubig.

„Das kannst du mir schon glauben. Frag doch deine Eltern einmal. Vielleicht kennen die auch ein solches Paar. Es ist traurig, aber wahr. Ich kenne die Gepflogenheiten in der Wohnungswirtschaft heute nicht mehr, aber früher war es oft einfacher, mit Haustieren eine Wohnung zu bekommen als mit Kindern" antwortete Charly mit ernster Miene.

„Aber lassen wir das. Wir können nichts an den Menschen ändern. Und mich betrifft das auch gar nicht mehr. Bei meinen Wohnungen ist es egal, ob ich alleine bin oder ob ich ein

Tier dabei habe. Ich brauche wegen so etwas nicht zu fragen. Es kann höchstens sein,
dass man uns mal wieder aus unserer Unterkunft raus wirft. Wenn so ein Abbruchhaus zur
Baustelle wird, haben wir nichts mehr verloren. Eigentlich bin ich froh, dass sich nicht
mehr so viele Leute leisten können, so eine Bude umzubauen oder abzureißen. So haben
wir immer irgendwo eine Bleibe. Die ist natürlich nicht so komfortabel wie die Wohnungen,
die ich in meinem aktiven Arbeitsleben gesehen habe, aber immerhin ein Dach über dem
Kopf. Und bequemer als unter einer Brücke zu schlafen ist es allemal" bemerkte Charly.

„Hast du denn viele schöne Wohnungen gesehen?" bohrte Marion nach.

„Als Schreiner gehört es zum Beruf, Wohnungen einzurichten. Und in der Firma, in der ich
meine Lehre absolviert habe, wurden viele exklusive Inneneinrichtungen hergestellt. Da
konnte man schon so manches Mal neidisch werden, wenn man so eine Küche eingebaut
hat, die alleine so viel gekostet hat wie bei anderen Haushalten die komplette
Wohnungseinrichtung oder gar noch mehr. Aber es hat auch Spaß gemacht, Wohnungen
herzurichten. In der Schreinerei meines Vaters war so etwas nicht möglich. Die Werkstatt
war für solche Arbeiten nicht eingerichtet. Da wurden ein paar Schränke gebaut, aber
hauptsächlich waren wir auf Holztreppen spezialisiert. Und ich muss zugeben, dass mein
alter Herr das super beherrscht hat. In meinen Träumen habe ich mir zwar schon immer
vorgestellt, dass ich mich, wenn ich die Schreinerei übernehme, mehr in Richtung
Innenausstattung ausrichte, aber als Grundstock war die Produktion von Holztreppen
schon in Ordnung. Und so weit, wie ich mir das vorgestellt hatte, ist es ja dann nicht mehr
gekommen. Das ist aber dann das Ende meiner Geschichte. So weit sind wir ja noch
nicht" bemerkte der Mann, der durch die Anwesenheit des Tieres viel ausgeglichener
wirkte.

„Hast du denn gerne als Schreiner gearbeitet?" wollte Marion wissen.

„Oh ja. Ich war gerne Schreiner. Obwohl das nicht so vorhersehbar war. Außer natürlich, dass wir das Geschäft daheim hatten. Aber als Jugendlicher habe ich mir darüber nicht den Kopf zerbrochen. Da war alles andere wichtiger als der elterliche Betrieb.

Obwohl sich unsere Eltern schon immer bemüht haben, das Interesse für die Schreinerei zu wecken. Wenn wir an so manchen Sonntagen zusammen beim Wandern waren, haben sie immer wieder versucht, das Thema aufzugreifen. Da war es ganz gut, dass wir selten alleine unterwegs waren."

„Aber beim Wandern sind doch nicht so viele Leute unterwegs. Oder war das früher anders?" warf Marion ein.

„Du hast natürlich Recht. Ich habe ja ganz vergessen, dazu zu sagen, dass wir immer gemeinsam mit dem Wanderverein zu den Volkswander- Veranstaltungen in der ganzen Umgebung gefahren sind. Und da waren dann natürlich immer eine Menge Leute dabei. Das war zur damaligen Zeit eine richtige Volksbewegung. Tausende von Wanderer waren da jedes Wochenende unterwegs. Und wir waren mittendrin. Ich war bloß froh, dass einer meiner Freunde auch immer mitgegangen ist. So waren wir am Sonntag zwar mit unseren Eltern unterwegs, aber wir konnten doch eine ganze Menge gemeinsam unternehmen. Zum Beispiel die verschiedenen Mädchen miteinander vergleichen. Das hat einen Riesenspaß gemacht!" belustigte sich der Mann über seine Erzählung.

„Mir war es aber trotzdem lieber, wenn der Sommer kam. Im Hochsommer gab es kaum Wanderveranstaltungen. Da konnten wir immer mit unseren Freunden ins Freibad gehen. Der einzige Wehrmutstropfen war, dass ich immer auf meine kleinen Geschwister aufpassen musste. Die konnten damals noch nicht schwimmen und somit war ich als ältester Bruder für sie verantwortlich. Aber das nahm ich gerne in Kauf, wenn ich dafür nur zum Baden kam. Mit der Zeit hat sich im Bad eine richtig eingeschworene Clique gebildet. Und innerhalb dieser Gemeinschaft haben sich dann so nach und nach auch einige Pärchen gebildet. Ich war da natürlich auch dabei. Du weißt ja, Mädchen! Da gab es wenige Tage, die so schlechtes Wetter boten, dass wir nicht zum Baden gefahren sind. So ist die Jugend halt. Und was mir jetzt im Nachhinein so auffällt, es war eigentlich auch fast immer Alkohol im Spiel. Damals gab es den so genannten ‚Totenkopfschwimmer', und zwar in Schwarz, Silber und Gold. Für den schwarzen musste man eine Stunde schwimmen, für den silbernen eineinhalb und für den goldenen zwei Stunden. Ich war ja gut trainiert und habe so nacheinander alle drei Abzeichen bestanden. Aber wenn ich es so überdenke, war ich bei keiner der Prüfungen nüchtern. Ich hatte immer Alkohol intus. Und gequalmt haben wir wie die kaputten Öfen. Das Jugendschutzgesetz gab es zwar schon, aber interessiert hat es eigentlich so ziemlich niemanden.

Eine Begebenheit möchte ich dir nicht vorenthalten, obwohl ich dabei nicht gerade gut wegkomme.

Ich konnte mich nicht zwischen drei Mädchen entscheiden. Also habe ich mir überlegt, ob ich nicht mit allen dreien eine Freundschaft oder eine Affäre anfange. In den Ferien war das auch gar kein Problem. Mit der einen verabredete ich mich am Vormittag in der Nähe ihres Elternhauses, die zweite traf ich dann am Nachmittag im Freibad und die dritte, die schon eine Ausbildung als Friseurin gestartet hatte, besuchte ich dann gegen Abend. Ich war mit der Situation eigentlich ganz zufrieden. Aber als ich einmal am Vormittag auf der Liegewiese im Freibad lag und die Drei gemeinsam auf mich zukommen sah, suchte ich das Weite und flüchtete über den Zaun. Später habe ich dann erfahren, dass die drei Freundinnen waren und sich natürlich über ihren neuen Freund unterhielten. So was Blödes!" anscheinend war Charly stolz auf diese Episode. Er wirkte nach dieser Erzählung größer und zufriedener als gewöhnlich.

„Also, wenn bei mir ein Typ so was bringen würde, dem würde ich die Augen auskratzen!" schimpfte Marion.

„Du hast ja Recht. Das war nicht gerade die feine englische Art. Aber wenn ich mich doch nicht entscheiden konnte! Als ich dann erwachsen wurde, machte ich solche Geschichten nicht mehr. Ich musste das auch noch ganz anständig büßen. Du brauchst nicht zu glauben, dass ich in der nächsten Zeit aus diesem Bekanntenkreis noch eine Freundin bekam. Die wollten alle nichts mehr von mir wissen. Als Freund, meine ich. Und die Jungs aus unserer Clique wuschen mir auch anständig den Kopf. Da musste ich mich dann um ein anderes Jagdrevier umschauen. Und es hat dann auch eine ganze Weile gedauert, bis ich wieder eine Freundin hatte. Die habe ich dann aber auch heiß und innig geliebt. Ein halbes Jahr, nachdem wir uns kennen gelernt hatten, begann sie eine Ausbildung als Krankenschwester. Dazu musste sie die ganze Woche auswärts bleiben. Das war vielleicht hart! Ich freute mich jedes Mal auf das Wochenende. Da ich zu der Zeit noch kein Fahrzeug besaß, gab es nur zwei Möglichkeiten, zu ihr zu kommen. Immerhin war ihr Dorf so etwa acht Kilometer von mir zuhause entfernt. Ich musste entweder trampen, also per Anhalter fahren, oder ich musste zu Fuß gehen. Die meiste Zeit war es eine Kombination aus beidem. Ich hatte keine Lust, ewig da zu stehen und zu warten. Also marschierte ich in der Regel los und wenn ein Auto kam, hob ich den Daumen. Da die Strecke aber nicht sehr befahren war, blieb mir meistens nur der Fußmarsch.

Als ich dann eines Freitags wieder an der Tür meiner Angebeteten klingelte, öffnete mir ihre Mutter und erzählte mir, dass ihre Tochter übers Wochenende in ihrer Schule geblieben sei. Sie habe so viel zu lernen. Ihrer Meinung nach war es besser, nicht nach Hause zu fahren. Zerknirscht machte ich mich also wieder die ganzen acht Kilometer auf den Rückweg. Nach Hause wollte ich nicht, also ging ich in eine der Dorfwirtschaften und soff mir ordentlich einen Rausch an. Ich muss allerdings gestehen, dass es mir am nächsten Morgen schlechter ging als zuvor.

Vielleicht ahnst du schon, was dann so mit der Zeit passierte. Die Wochenenden, an denen meine Freundin in der Schule blieb, wurden immer häufiger. Und die Freitage und

Samstage, an denen ich in der Kneipe saß, natürlich auch. Irgendwann hat sie mich dann unter der Woche angerufen und gemeint, dass es besser wäre, wenn wir uns nicht mehr sehen würden. Zwei Monate später habe ich dann hinten herum erfahren, dass dieses Miststück einen Anderen hatte! Das war ganz schön hart. Aber am Schlimmsten war, dass es das Erste Mal war, dass eine Freundin mit mir Schluss gemacht hatte und nicht umgekehrt" schloss Charly seine Erzählung.

„Du musst aber zugeben, dass es auch nicht die richtige Lösung war, einfach den Kummer im Alkohol zu ertränken" schimpfte Marion, als wenn es erst gestern gewesen wäre.

„Das ist mir schon klar" verteidigte sich Charly, „aber ich wusste nicht, wie ich mir sonst hätte helfen können. Heute weiß ich, dass es gar nichts bringt, wenn man versucht, seinen Kummer im Alkohol zu ertränken. Aber ich war wohl schon damals so programmiert. Ich weiß nicht, ob das etwas mit den Genen zu tun hat. Aber ich habe schon angedeutet, dass mein Leben am Suff zerbrochen ist" gab der Mann zu bedenken. Es sah so aus, als ob er jeden Moment anfangen wollte zu weinen.

Das wollte Marion nicht!

„Ich glaube, du solltest nicht so viel Selbstmitleid haben" meinte sie. „Du weißt ja nicht, was sonst alles passiert wäre".

„Da hast du schon recht" antwortete er, "aber ich habe dir ja schon einmal gesagt, dass ich dir meine Geschichte nur deshalb erzähle, damit sich so etwas in deinem Bekannten- und Freundeskreis nicht so leicht wiederholt. Du sollt ein wenig ein Gefühl dafür bekommen, wenn jemand so auf den Abgrund zusteuert wie ich" meinte der Mann. „Wenn du nur einen Menschen davon abbringen kannst, seine Probleme im Alkohol zu ertränken, habe ich mein Ziel schon erreicht. Dann war mein Leben doch nicht ganz umsonst".

Marion begriff, dass es nun wieder an der Zeit war, den traurigen Mann zu verlassen. Er würde wohl wieder eine Weile brauchen, bis er die Erinnerungen verarbeitet hatte. Wie sie schon des Öfteren festgestellt hatte, erwartete er in dieser Verfassung keinen Abschiedsgruß oder Kommentar. So ging sie still weg und ließ ihn alleine mit dem geliehenen Schäferhund sitzen.

Ihr nächster Besuch bei dem Obdachlosen verlief nicht so, wie sie es sich vorgestellt hatte. Entgegen seiner sonstigen Gewohnheiten saß Charly nicht an seinem angestammten Platz, sondern ein anderer Mann bat dort die Passanten um Geld. Als sie den Fremden ansprach, gab ihr dieser zur Antwort, dass sie ihren Freund heute besser nicht suchen sollte. Auf die Frage nach dem Warum meinte dieser, Charly sei wieder in seine alte Gewohnheit zurück gefallen und deshalb nicht ansprechbar. Das Mädchen konnte sich keinen Reim auf diese Aussage machen und beschloss, weiter zu suchen. Da sie mittlererweile wusste, an welchen Plätzen sich die Berber aufhalten, dauerte es nicht lange, bis sie ihn gefunden hatte. Bei seinem Anblick bedauerte sie bereits, nach ihm gesucht zu haben. Der Mann lag in eine schmutzige Decke eingewickelt am Boden und lallte vor sich hin. Er war so betrunken, dass es eine ganze Weile dauerte, bis er so weit klar wurde, um ihr zu antworten.

„Warum machst du denn so was?" fragte das Mädchen verzweifelt.

„Lass mich doch in Ruhe" lallte der Mann, der sich in seinem Rausch mit seinen eigenen Ausscheidungen voll gemacht hatte. „Das geht dich doch gar nichts an. Das ist mein eigenes Leben. Und was ich damit anfange, ist meine eigene Sache. Verschwinde und lass mich allein."

Traurig ging Marion von dem Menschen, von dem sie dachte, ihn nun schon einigermaßen zu kennen, weg und grübelte vor sich hin.

„Du bist schuld, dass sich der Charly wieder so voll gesoffen hat" hörte sie eine Stimme hinter sich sagen. Sie drehte sich um und sah dem Mann ins Gesicht, der zuvor an Charlys Platz gesessen hatte.

„Du hast ihn so aufgewühlt, dass er sich nicht anders zu helfen wusste, als sich richtig zu besaufen. Hätte er dich nicht kennen gelernt, ginge es ihm wahrscheinlich um einiges besser".

„Aber ich habe doch gar nichts gemacht. Ich habe mich doch bloß mit Charly unterhalten" weinte das Mädchen leise vor sich hin.

„Warum müsst ihr Wohlstandsbürger euch in unser Leben einmischen. Seid doch froh, dass es euch gut geht und lasst uns unser Leben führen. Ich glaube, es ist besser, wenn du Charly nicht mehr besuchst" schnauzte der Fremde das Mädchen an.

Verängstigt ging Marion ihres Weges und überlegte fieberhaft, ob der Mann das wohl ernst gemeint hatte oder ob er nur neidisch auf die Freundschaft zwischen ihnen war.

Das Mädchen wusste nicht, ob es sich zu der Gestalt hintrauen sollte, die da auf dem Boden saß. Zögernd blieb es in einiger Entfernung vor dem Mann stehen und beobachtete ihn.

„Komm ruhig her" winkte der Mann zu ihr herüber. „Oder magst du mich nicht mehr nach dem, was du da letzte Woche gesehen hast. Ich habe schon damit gerechnet, dass du nicht mehr kommen wirst. Verständlich wäre es."

„Ich habe nicht gewusst, ob du das Ernst gemeint hast, als du mich angeschimpft hast und gemeint hast, ich solle dich in Ruhe lassen" jammerte die Kleine.

„Du darfst nicht für bare Münze nehmen, was ich da im Rausch von mir gegeben habe. Ich habe keinen blassen Schimmer, was ich dir alles an den Kopf geworfen habe" beruhigte der Mann das Mädchen. „Aber so wie ich mich kenne, war es nicht gerade dazu geeignet, unsere Freundschaft zu festigen

„Und dann war da noch der fremde Mann, der gesagt hat, ich bin schuld, dass du so viel getrunken hast".

„Der Atze ist doch ein Klugscheißer. Natürlich bist du nicht schuld daran, wenn ich mich einmal wieder voll laufen lasse. Das wäre ja so, wie wenn du für das Elend auf der ganzen Erde verantwortlich wärst. Der Vollrausch hätte bei jeder anderen Gelegenheit auch vorkommen können. Wahrscheinlich habe ich im Suff von dir erzählt und auch von meiner Vergangenheit. Aber lass gut sein. Das ist jetzt wieder für eine Weile vorbei".

Vor vielen Jahren hat einmal ein Arzt zu mir gesagt, ich wäre alkoholgefährdet. Ich habe nicht verstanden, was er damit gemeint hat. Zumindest damals nicht. Ich war zu der Zeit dem Alkohol schon so weit verfallen, dass ich jedem, der mich auf mein Problem angesprochen hat, allen Ernstes erklärt habe, dass ich sehr wohl zu jeder Zeit mit dem Trinken aufhören kann. Ganz besonders oft war das ein Streitpunkt zwischen mir und meiner Frau. Wie du vielleicht weißt, ist man dann schon ganz tief in der Scheiße, wenn man meint, zu jeder Zeit aufhören zu können. Ich habe es damals nicht geglaubt. Aber das Resultat siehst du nun vor dir sitzen".

„Aber wie ist es denn so weit gekommen, dass du getrunken hast?" nahm das Mädchen Anteil an dem Schicksal des Mannes.

„Das war keine Sache von einigen Wochen oder Monaten. Ich habe dir ja erzählt, dass bei uns früher bei jeder Gelegenheit irgend etwa alkoholisches zu trinken auf dem Tisch stand. Und ich bin wohl der Typ Mensch, bei dem die Gene sofort verrückt spielen, wenn sie bemerken, dass der Körper Alkohol bekommen kann. Aber ich habe nicht nur legale Drogen genommen. Auch illegale Sachen wie Haschisch und Marihuana gegenüber war ich nicht abgeneigt. Aber das habe ich dir ja schon erzählt. Als die Mitglieder unserer Clique so allmählich begannen, eine Lehre zu absolvieren, beschlossen wir, bei einem von uns einen ausrangierten Keller, in dem früher Kartoffeln eingelagert wurden, als Treffpunkt auszubauen. Wir hatten ja alle möglichen Berufsgruppen dabei. Also richteten die Maurer die Wände, Decken und den Fußboden her, die Elektriker kümmerten sich um den Strom und ich bastelte die Inneneinrichtung zusammen. Ein Mädchen aus unserer Gruppe hatte es sich zum Ziel gesetzt, Kunstmalerin zu werden. Sie war echt talentiert. An die Wand vom Treppenhaus zu unserem ‚Kartoffelkeller' hat sie ein wunderschönes Bild gemalt. So mit Sonnenaufgang und einem Mädchen davor. Das fand ich echt toll. Für ihre Ausbildung musste sie in eine größere Stadt ziehen. Und dort kam sie auch mit Rauschgift in Berührung. Ich hatte die ganzen Sachen ja schon auf dem Gymnasium ausprobiert und wusste, wie angenehm das Gefühl war, wenn man einen Joint geraucht hatte. Das einzige Problem war, wie ich an illegale Drogen kommen konnte. Da kam mir meine Bekannte gerade recht. In den Kreisen, in denen sie verkehrte, war es an der Tagesordnung, Drogen zu nehmen. Somit war es auch kein Problem, als ich sie fragte, ob sie mir welche besorgen konnte. Bei ihrem nächsten Besuch zog sie ein Stück Silberpapier aus der Tasche und überreichte es mir stolz. Da ich mich ja damit auskannte, öffnete ich es und bereitete einen Joint für uns vor. Als wir ihn geraucht hatten, meinte sie, wenn ich öfters etwas haben wollte, solle ich es ihr nur sagen. Bei den Mengen an Rauschgift, die in ihren Kreisen umher schwirrten, sei es ein Leichtes, ein paar Gramm zu organisieren. Wie gesagt, ich war schon immer anfällig für Rauschmittel aller Art, und bei Haschisch hatte ich am nächsten Tag wenigstens keinen Kater. Das ging eine ganze Weile gut. Bis eines Tages zwei Polizeibeamte bei mir in der Lehrfirma auftauchten. Sie deuteten mir, mit ihnen mit zu kommen. In unserem Brotzeitraum eröffneten sie mir, dass ein Verfahren nach dem Betäubungsmittelgesetz gegen mich anhängig wäre. Ob ich diesen oder jenen Namen kennen würde oder ob ich schon einmal in bestimmten Lokalen verkehrt bin. Ich musste alle Fragen verneinen. Bis plötzlich der Name meiner Bekannten fiel. Jetzt ging mir ein Licht auf! Darauf hin berichteten mir die Beamten, dass man einen Drogendealer gefasst hatte und dieser gegen die Aussicht auf Strafmilderung bereitwillig die Namen seiner Kunden preisgab. Über den Umweg über meine Bekannte kamen sie schließlich auf mich.

Richard Uhirek Der Himmel der Clochards 53

Ich musste mich vor Gericht verantworten. Als Strafe erhielt ich zwei Wochen Jugendarrest. Die musste ich in meinem Urlaub absitzen. Aber das Beste war, dass meine Bekannte als Zwischenhändlerin nur eine relativ geringe Geldstrafe erhielt. Sie hatte ja schließlich ihre Endkunden verraten!"

Betroffen schwieg das ungleiche Paar. Marion wusste nicht, was sie auf diese Geschichte antworten sollte. Sicher war es nicht richtig, dass Charly mit Rauschgift zu tun gehabt hatte. Aber dass die Frau, die ihm das Haschisch besorgt hatte, eine geringere Strafe bekommen hatte als er, kam ihr doch reichlich ungerecht vor.

„Wir haben in unserer Jugend aber nicht nur verbotene Sachen gemacht, die bestraft wurden. In den Pfingstferien, ich glaube es war in der achten Klasse, haben wir ein Abenteuer gewagt. Wir durften ohne Begleitung am Waldrand zelten. Heute wäre das ziemlich gefährlich, aber damals haben wir uns nichts dabei gedacht. Und unsere Eltern anscheinend auch nicht. Jedenfalls haben wir uns mit Proviant eingedeckt, dass man meinen konnte, wir wollen dort ein halbes Jahr bleiben. So dachten wir zumindest. Am zweiten Abend ging uns das Essen aus. Zu trinken hatten wir noch genug. Natürlich in erster Linie Bier. Als wir so am Lagerfeuer beisammen saßen, fing einer von uns an, vom Essen zu schwärmen. Wie schön es doch wäre, wenn wir ein paar belegte Brote oder ein gegrilltes Hähnchen hätten. Nach einer Weile hatten wir uns so in unsere Fantasien hinein gesteigert, dass uns allen ganz schlecht vor lauter Hunger war. Was tun? Kurz entschlossen teilten wir uns auf. Die eine Gruppe hatte die Aufgabe, aus den Gärten einige Köpfe Salat zu klauen. Die zweite Gruppe war dafür verantwortlich, Essig und Öl zu besorgen. Und die dritte Gruppe sollte sich um eine Schüssel für den Salat kümmern. Zum vereinbarten Zeitpunkt trafen wir uns wieder an unserem Zeltplatz. Alles hatte geklappt. Nur hatte keiner von uns eine Ahnung, wie man einen Salat anmacht. Wir experimentierten also. Zuerst den Salat klein gepflückt und in die Schüssel geworfen.

Dann Essig und Öl darüber. Fertig war unser Leckerbissen. Jeder aß, bis er nicht mehr

konnte. Die Leute, die nämlich den Salat besorgt hatten, dachten sich wohl, lieber ein paar

Köpfe zu viel als zu wenig. Nachdem wir alle satt waren und noch einen Schlummertrunk

genossen hatten, legten wir uns gemütlich schlafen.

Am nächsten Morgen wurden wir durch einen furchtbaren Schrei geweckt. Total

verschlafen krochen wir aus unseren Schlafsäcken um nachzusehen, was passiert war.

Der Urheber des Schreies stand vor unserer Salatschüssel und zeigte entsetzt hinein.

Nachdem wir uns den Schlaf aus den Augen gewischt hatten, sahen wir den Grund für die

Aufregung: Keiner von uns kam nämlich am Abend zuvor auf die Idee, den Salat zu

waschen. Und so schwammen in der übrig gebliebenen Brühe allerlei kleine Tierchen.

Spinnen, Würmer, Schnecken und so weiter. Das war wirklich ein Anblick, bei dem man

am liebsten alles wieder heraus gewürgt hätte. Aber wir haben alle überlebt!"

„Wenn ich mir das so vorstelle, wird mir ganz anders" schüttelte sich Marion. „Aber das

weiß doch jedes Kind, dass man Salat vor dem Anmachen waschen muss."

„Du hast leicht reden. Auf so eine Idee sind wir doch gar nicht gekommen. Obwohl einige

von uns in der Schule Hauswirtschaft als Wahlfach belegt hatten."

„Ich hoffe, dass mir jetzt dann mein Mittagessen noch schmeckt. Ich habe höchste Zeit!"

rief Marion und sprang mit ihrem ‚Eastpak' davon.

V.

Als sich Marion dem üblichen Sitzplatz von Charly näherte, sah sie einen Mann bei ihm

stehen, den sie nicht kannte und der auch so gar nicht zu ihm passen wollte. Er hatte

einen schwarzen Anzug an. Aber er trug keine Krawatte, wie man es erwarten konnte,

sondern ein schwarzes Hemd mit einem weißen, aufrecht stehenden Kragen. Als sie das kleine Kreuz am Revers seines Anzuges sah, wusste sie, dass es sich um einen Priester handeln musste.

Sie war unschlüssig, ob sie das intensive Gespräch der beiden wohl stören durfte. In diesem Moment sah Charly sie und winkte sie heran.

„Hallo, kleine Maus. Darf ich dir einen Menschen vorstellen, der dir gar nicht so unähnlich ist. Dies ist der Pfarrer aus der hiesigen Pfarrei. Stell dir vor, er ekelt sich nicht vor mir. Genau so wie du. Allerdings ist er nicht so neugierig" schmunzelte Charly. Du kannst ruhig näher kommen. Wir waren sowieso gerade am Ende mit unserer Diskussion. Auf Wiedersehen, Herr Pfarrer" rief Charly dem Geistlichen noch hinterher, als sich dieser stillschweigend von den beiden entfernte.

„Was wollte denn der von dir?" fragte Marion neugierig. „Willst du etwa in die Kirche gehen?" hänselte sie den Mann.

„Da brauchst du gar nicht so lästern, ich war früher kirchlich sehr engagiert. Nicht nur, dass ich jeden Sonntag in die Messe gegangen bin, ich war auch ehrenamtlich in unserer Pfarrei tätig. Aber bis ich soweit war, hatte ich bereits einen langen Weg des Suchens hinter mir. Wenn ich es mir heute so überlege, war ich eigentlich immer ein Suchender. Das hat schon in der Schule angefangen. Obwohl ich durch das Gymnasium eher eine Abneigung gegen die großen Konfessionen erworben hatte, war ich doch immer auf der Suche nach dem Sinn des Lebens. Und auf der Suche nach Gott. In meiner Jugend habe ich mir meine Beziehung zu Gott immer als Diagramm vorgestellt. Oben war eine gerade Linie, das war Gott. Und darunter war eine kurvige Linie, das war ich. Je nachdem, wie intensiv ich mich gerade mit Gott, mit der Bibel oder mit irgend einer anderen Schrift, die mir eine Erklärung für meine Fragen zu bieten schien, beschäftigte, war die Kurve einmal näher und einmal weiter von der oberen Linie entfernt. Ich behaupte, dass ich religiös war. Ich wollte sogar einmal Ministrant oder Messdiener werden. Aber als mir meine Eltern erklärt hatten, dass ich dann jeden Morgen zeitig aufstehen müsste, habe ich den

Gedanken wieder verworfen. Ich glaube heute noch, dass mich meine Eltern damals ganz

gewaltig manipuliert hatten. Später haben wir über dieses Thema einmal diskutiert. Da

haben sie das aber nicht zugegeben. Es spielt ja auch keine Rolle mehr. An meinem

weiteren Leben hätte sich wahrscheinlich auch dann nichts geändert, wenn ich Ministrant

geworden wäre.

Ich muss zu meiner Verteidigung sagen, dass ich nicht alle Glaubensfragen kritiklos

hingenommen habe. Vor allem später habe ich mich sehr kritisch mit dem Glauben

auseinander gesetzt. Das hat sogar so weit geführt, dass ich aus der katholischen Kirche

ausgetreten bin. Die Reaktion unseres damaligen Pfarrers hat mich dabei am meisten

enttäuscht. Er hat nicht ein einziges Mal versucht, mich von meinem Vorhaben

abzubringen. Vielleicht war er auch ganz froh, einen Störenfried weniger zu haben. Wir

haben ihn nämlich in der Schule ganz schön geärgert. Das hat sogar so weit geführt, dass

er es abgelehnt hat, uns in der letzten Klasse weiterhin zu unterrichten.

Nachdem ich aus der Kirche ausgetreten war, habe ich nach dem richtigen Weg gesucht.

Das ist gar nicht so einfach. Auf jeden Fall habe ich mir es einfacher vorgestellt. Jede

Religion behauptet ja, dass sie die einzig wahre sei. Also bin ich am Anfang nach dem

gegangen, was mir am angenehmsten erschien. Das habe ich aber schon bald wieder

aufgegeben.

Dann bin ich im Urlaub in Marokko gelandet. Im meinem Ferienort habe ich mich ein wenig

mit einem Fremdenführer angefreundet. Er hat mir vom Islam erzählt. Das war noch lange

vor den Aktivitäten der Islamisten. Schon in meiner Jugendzeit hat mich an den Moslems

fasziniert, dass sie ohne Rücksicht auf ihr Ansehen zu den vorgegebenen Zeiten einfach

angefangen haben zu beten. Das wäre einem Christen doch nie und nimmer eingefallen.

Also habe ich mich von meinem neuen Bekannten dazu überreden lassen, ihn in eine

Moschee zu begleiten. Das ist eine ganz andere Welt. Es ist schon ungewöhnlich, am Eingang die Schuhe auszuziehen. Auch die Trennung nach den Geschlechtern war so ganz fremd. Außerdem habe ich ja kein Wort von dem verstanden, was die da so gebetet haben. Mein Fremdenführer hat mir so einiges übersetzt, aber den Sinn des Ganzen habe ich damals nicht kapiert.

Zu Hause habe ich dann nachgeforscht. Ich konnte das noch nie brauchen, wenn ich über etwas im Unklaren geblieben bin. Aber je mehr ich über diese Religion nachlas, desto verwirrter wurde ich.

Okay, dass der Islam von Mohammed gegründet wurde, das war mir ja noch bekannt. Und dass der Koran die Grundlage des moslemischen Glaubens war und dass dieser in verschiedene Abschnitte oder Suren eingeteilt ist, das wusste ich auch noch. Aber dann ging es los. Mir war nicht bekannt, dass jeder Moslem fünf Pflichten zu erfüllen hatte. Das Aufsagen des Glaubensbekenntnisses war nicht viel anders als in meinem angestammten Glauben. Und dass Muslime fünf Mal am Tag beten, hat mich ja schon in meiner Jugend fasziniert. Dass sie aber eine Almosensteuer zahlen müssen, das hatte ich hier zum ersten Mal erfahren. Als ich so darüber nachdachte, dass sie in ihrem Fastenmonat Ramadan von Sonnenaufgang bis Sonnenuntergang nichts zu sich nehmen dürfen, nicht einmal einen Schluck Wasser, da kamen mir doch erhebliche Zweifel. Und eine Teilnahme an einer Pilgerfahrt nach Mekka, dem heiligsten Ort des Islam, das war mir dann doch zu viel. Was mich aber noch total erstaunt hat, war die Tatsache, dass die Moslems auch an Adam, Abraham, Jesus und Maria glaubten. Nur dass für sie Jesus eben nur ein Prophet war und nicht, wie für uns, der Erlöser. Ihre Scharia, also ihr Gesetz, hat mich dann so abgeschreckt, dass ich mir sicher war, dass der Islam nicht der richtige Glauben für mich ist. Dafür sind wir Mitteleuropäer doch zu aufgeklärt. Ich konnte mir nicht vorstellen, dass ich meine Frau im Haus einsperre und von ihr verlange, dass sie ein Kopftuch aufsetzt.

Und dann auch noch die ganzen unterschiedlichen Strömungen, die Sunniten, Schiiten, Omaijaden und was es da sonst noch alles gab. Und wenn ich es mir so im Nachhinein überlege, war das der bessere Entschluss. Wenn man heutzutage dieses ganze Gerede vom Jihad, vom heiligen Krieg der Moslems gegen die Ungläubigen, also alle Nicht-Moslems, hört, könnte einem angst und bange werden. Da bin ich dann doch fast froh, dass ich nichts besitze. Wer weiß, vielleicht wird der ganze europäische Raum noch einmal vom Islam überrollt" philosophierte Charly vor sich hin.

„Glaubst du das wirklich. Mein Vater hat auch schon mal so was Ähnliches gesagt. Er hat gemeint, dass wir eines Tages alle noch mal gegen Mekka beten würden. Ich habe aber nicht verstanden, was er damit gemeint hat" sagte das Mädchen erstaunt.

„Weißt du, diese fünf Gebete, von denen ich dir vorher erzählt habe, müssen die Mohammedaner in Richtung Mekka richten, damit sie von Mohammed erhört werden können. Darum sagt man, sie beten in Richtung Mekka. Übrigens hören die Moslems den Ausdruck Mohammedaner gar nicht gerne. Mein Bekannter in Marokko hat mir erzählt, dass sie sich nicht mit den Christen oder den Buddhisten vergleichen lassen wollen, die ja ihren Namen nach ihren Glaubensgründern gewählt haben" klärte Charly die neugierige Marion auf.

„Von dir kann man ja echt was lernen. Warum bist du denn nicht Lehrer oder so was geworden?" neckte das Mädchen den verwirrten Mann.

„Das war nicht ganz ernst gemeint" beschwichtigte sie ihn.

„War nur Spaß. Entschuldigung, ich wollte dich nicht verletzen".

„Ich war nur gerade etwas durcheinander, weil so etwas ähnliches auch schon einmal meine Tochter zu mir gesagt hat. Das ist schon lange her, aber deine Äußerung hat es mir gerade in meine Erinnerung zurück gerufen. Wir sollten nun für heute Schluss machen. Das Ganze hat mich wieder ziemlich angestrengt. Ich werde mich heute wohl bald in mein

Quartier begeben. Aber keine Angst, ich habe nicht vor, mehr als gewöhnlich zu trinken, falls du deswegen Bedenken hast". Marion verstand die Andeutungen in seinen Worten. Sie umarmte ihn kurz und ließ ihn dann stehen. Erschrocken dachte sie an die Mahnungen vor einiger Zeit. Verstohlen blickte sie in die Geschäfte und die darüber liegenden Fenster. Hatte sie jemand beobachtet? Erkennen konnte sie nichts. Aber wer weiß? Sie nahm sich auf jeden Fall vor, das nächste Mal vorsichtiger zu sein. Aber in ihrem Bekanntenkreis war es normal, dass man sich zum Abschied umarmte. Nur dass die Bekanntschaft mit einem Clochard eben nicht normal war.

Die Tage wurden nun schon merklich kühler. Der Herbst nahte mit Riesenschritten. ‚Wie mag es wohl den Obdachlosen bei den Temperaturen ergehen?' fragte sich Marion. ‚Und wie wird das wohl im Winter sein? Ob Charly dann auch noch auf der Erde sitzt und um Almosen bittet?' Sie konnte sich nicht vorstellen, wie es wohl wäre, wenn sie in so einer Situation sein müsste.

„Ist dir denn nicht kalt?" fragte das Mädchen zur Begrüßung.

„Warm ist natürlich anders!" gab der Mann im dicken Mantel als Antwort zurück.

„Aber da hilft kein Jammern. Man muss sich halt warme Gedanken machen. Ich kann zum Glück von meiner Vergangenheit zehren. Ich war schon dort, wo es immer schön warm ist".

„Wo ist das, wo es immer schön warm ist?" wollte Marion wissen.

„Weißt du, als es mir noch gut ging, habe ich mir einmal einen Traum erfüllt und bin in die Tropen geflogen. Genauer gesagt, nach Sri Lanka. Wo das ist, hast du hoffentlich schon in der Schule gelernt" erwiderte Charly.

„Ich glaube, das liegt irgendwo in der Nähe von Indien, stimmt's?" brüstete sich das Mädchen mit seinem Wissen.

„Ja, genau. Sri Lanka ist eine Insel an der Südspitze von Indien. In Südostasien. Und da wollte ich unbedingt einmal hin. Aber so wie ein Pauschaltourist, das war nichts für mich.

Ich wollte unabhängig sein. Darum war ich auch mit dem Rucksack unterwegs. Die

Pauschaltouristen werden in Sri Lanka von den Einheimischen übrigens als

‚Neckermänner' bezeichnet. Das erste Touristikuntenehmen, das Ceylon, wie Sri Lanka

früher hieß, in sein Programm aufgenommen hat, war anscheinend die Firma

Neckermann. Und so ist die Bezeichnung dann wahrscheinlich entstanden.

Ich wollte damals dem kalten Winter entfliehen. Darum habe ich die Reise auch Anfang

des Jahres gebucht. Wenn bei uns so richtig viel Schnee liegt und es kalt ist, wollte ich

unter südlicher Sonne meinen Urlaub genießen. Im Nachhinein betrachtet, war das aber

gar keine so gute Idee. Es war ein ganz schöner Schock, als ich in Colombo, der

Hauptstadt Sri Lankas, aus dem Flugzeug ausgestiegen bin. Bei uns herrschten ungefähr

zwanzig Grad minus bei Nacht, und dort hatten wir dreißig Grad plus. Und eine

Luftfeuchtigkeit, dass es einem den Atem verschlug. Es war, wie wenn du gegen eine

Wand läufst. Aber so wollte ich es ja haben. Ich bin damals aber nicht nur wegen der

Temperaturen von zu Hause weg. Ich war auf der Suche. Auf der Suche nach dem Sinn

des Lebens, auf der Suche nach mir selbst, ja auf der Suche nach irgendetwas. Was ich

genau gesucht habe, das weiß ich auch heute noch nicht. Im Flieger habe ich zwei junge

Leute, ein Mädchen und einen Jungen kennen gelernt. Wir haben uns ein wenig

angefreundet. Bekannte von ihnen waren im Jahr zuvor ebenfalls auf der Insel. Die waren

damals zu Besuch in einem buddhistischen Kloster. Sie haben dort viele Tage meditiert.

Das war es! So etwas wollte ich auch ausprobieren. Darum habe ich mich ihnen

angeschlossen. Da wir erst am Nachmittag angekommen waren, konnten wir nicht gleich

in das Kloster fahren. Wir haben uns zum Busbahnhof durchgeschlagen und versucht, den

Bus in Richtung Kloster zu erwischen. Die Bekannten von meinen neuen Freunden hatten

den Beiden genaue Ortsangaben und eine Reiseroute mit auf den Weg gegeben. Das

Problem war nur, dass wir kein einziges Wort von dem lesen konnten, was auf den Schildern stand. Die Schrift dort erscheint uns wie Hieroglyphen. Also mussten wir uns durchfragen. Da das Englisch der meisten Einheimischen nicht so toll ist, haben wir mit Händen und Füßen gearbeitet. Eigentlich ist es verwunderlich, dass die englische Sprache nicht besser beherrscht wird. Immerhin war Sri Lanka ja einmal englische Kolonie. Nach einer schweißtreibenden halben Stunde saßen wir dann endlich in dem Bus, der uns in die Richtung des Klosters bringen sollte. Wir hatten auch eine Adresse für die Übernachtung erhalten. Als wir so eine Stunde im Bus saßen, kam uns die Sache langsam aber ein wenig komisch vor. Es ging auf Abend zu. Und nach unserem Wissen lag das Kloster östlich der Hauptstadt. Die untergehende Sonne schien uns aber auf die linke Backe. Wir fuhren also in Richtung Norden! Wie aber konnten wir uns verständlich machen? Wir beobachteten die anderen Businsassen. Da wir die einzigen Weißen im Bus waren, zogen wir natürlich neugierige Blicke auf uns. Man sah uns anscheinend unsere Ratlosigkeit an. Ein Mann mittleren Alters kam auf uns zu und fragte uns in tadellosem Englisch, ob wir ein Problem hätten. Nachdem wir ihm die Sachlage geschildert hatten, erklärte er sich bereit, uns in die richtige Richtung zu führen. Wir waren tatsächlich im falschen Bus gelandet! Wie sich herausstellte, war der Mann Lehrer und hatte studiert. Deshalb sprach er auch so gut Englisch. Nach einer wahren Odyssee kamen wir mitten in der Nacht, nach etlichem Umsteigen und warten, in dem gewünschten Resthouse, so heißen dort die einfachen Pensionen, an. Als wir unserem Retter zur Belohnung etwas Geld geben wollten, meinte dieser, der größte Dank wäre es, wenn wir ihn einmal bei sich zu Hause besuchen würden. Noch bevor wir das alles so richtig realisierten, war der Lehrer auch schon verschwunden. Unsere einzige Sorge war nun, etwas zu Essen zu bekommen. Aber auf Sri Lanka gibt es scheinbar nichts, was nicht mit einem Lächeln auf dem Gesicht der Bevölkerung gelöst wird. Zwanzig Minuten, nachdem wir unserem Wirt unser Anliegen vorgetragen hatten, saßen wir vor einem gedeckten Tisch mit leckerem Essen. Ich habe

bis heute keine Ahnung, was wir damals gegessen haben. Aber es hat köstlich

geschmeckt. Am meisten ist mir die Schärfe des Gerichtes in Erinnerung geblieben. Der

Wirt fragte uns zuvor, ob wir es ‚hot‘ wollten. Da nach unserem Sprachverständnis ‚hot‘

einfach ‚heiß‘ heißt, bejahten wir natürlich. Im Sprachgebrauch der Einheimischen heißt

dies aber ‚scharf‘! Du kannst dir vielleicht vorstellen, wie wir gepustet haben beim Essen!

Am nächsten Morgen haben wir dann bezahlt und unseren Wirt gefragt, ob er denn den

Mann kenne, der uns gestern hierher geführt hatte. Er verneinte dies und meinte nur, dass

er wohl so vierzig Kilometer von seinem Gasthaus entfernt zu Hause sein müsste. Unser

Retter hatte uns nämlich einen Zettel mit seiner Adresse gegeben, aber wir hatten keine

Ahnung, wo wir uns eigentlich befanden. Zum Glück stand auf dem Adresszettel der Bus,

der uns zum Kloster bringen sollte.

MIt den Bussen dort ist es nicht so wie bei uns. Da gibt es keine festen Haltestellen. Wenn

ein Fahrgast aussteigen möchte, dann zieht er nur an einer Schnur, an der eine Glocke

befestigt ist, und der Fahrer hält bei der nächsten Gelegenheit. Wir hatten also wieder das

Problem, dass wir nichts lesen konnten. Glücklicherweise saß in dem Bus ein Gast, der

sowohl Englisch als auch die einheimische Schrift lesen konnte. Er gab uns ein Zeichen,

dass wir nach der nächsten Kurve aussteigen sollten. Gesagt. Getan. Nun standen wir

also mitten in der Prärie und hatten keine Ahnung, wie wir zum Kloster kommen sollten.

Die Bekannten hatten uns nämlich keine so genaue Wegbeschreibung mitgegeben, als

dass wir uns jetzt auskannten.

Durch einen glücklichen Zufall kamen aber, nachdem wir eine Weile am Straßenrand

gesessen hatten, drei andere Rucksacktouristen vorbei. Sie stammten aus Kanada.

Nachdem wir ihnen unsere Lage geschildert hatten, meinten sie, wir sollten uns nur ihnen

anschließen. Sie hätten das gleiche Ziel. Unser Glück. Was wir zu diesem Zeitpunkt noch nicht wussten, war, dass wir noch einen Fußmarsch von zwei Stunden vor uns hatten! Und das bei der Hitze und der Luftfeuchtigkeit. So langsam machte sich auch der Jetlag zu schaffen. Wir waren ja sechseinhalb Stunden hinter unserer Zeit. Wir hatten zu wenig geschlafen und das Klima schaffte dann den Rest. Als wir am Kloster ankamen, waren wir vollkommen erledigt. Wir meldeten uns bei einem Mönch an, der wohl so etwas wie ein Pförtner war. Er sprach erstaunlich gut Englisch und auch Deutsch! Im Laufe unseres Aufenthalts erfuhren wir dann, dass er aus Österreich stammte. Bei einer Reise vor vielen Jahren hatte es ihn ebenfalls in dieses Kloster verschlagen. Es hatte ihm dann hier so gut gefallen, dass er blieb und in die Gemeinschaft der Mönche eintrat. Nun hatten wir also einen kompetenten Ansprechpartner. Dachten wir zumindest! Es stellte sich nämlich heraus, dass er so etwas wie ein Schweigegelübte abgelegt hatte. Außer beim Empfang von Gästen durfte er kein Wort sprechen, außer es diente der Erklärung der Schriften.

Im Laufe der Zeit gewöhnten wir uns gut in das Kloster ein. Das einzige Manko war, dass Männlein und Weiblein komplett getrennt voneinander untergebracht waren. So etwas wie einen Gemeinschaftsraum gab es nicht. Also machte ich mich daran, mehr über den Buddhismus zu erfahren. Dies war dann auch die einzige Gelegenheit, unseren vermeintlichen Ratgeber zu sprechen. Durch den häufigen Besuch von deutschsprachigen Touristen war es die Aufgabe von unserem Landsmann, die Lehren des Buddha auf Deutsch zu erklären.

Ich hatte vorsorglich von zu Hause ein Buch über diese Religion mitgebracht. Während unserer Irrfahrt bis zum Kloster hatte ich aber keine Gelegenheit gehabt, einen Blick hinein zu werfen.

Da der Tagesablauf im Kloster immer nach dem gleichen Schema ablief, konnte ich mir die Zeit gut einteilen.

Wir wurden in der Frühe noch vor dem Morgenrot geweckt. Anschließend gab es

Frühstück. Wobei ich mir unter einem Frühstück etwas anderes vorstelle. Jeder Besucher erhielt eine Schale mit einer undefinierbaren Soße. Dazu gab es Brotfladen. So ähnlich sahen sie zumindest aus. Diese wurden dann in die Soße eingetunkt und dann zusammen gegessen. Das war die einzig Mahlzeit für den ganzen Tag! Ich hatte anfangs vielleicht immer einen Hunger. Aber mit der Zeit gewöhnt man sich daran. Diese magere Kost diente dazu, den Geist frei von allem Ballast zu machen, damit die Konzentration auf die Meditationen gesteigert wurde. So erklärte es uns jedenfalls unser Landsmann. Außer während der Meditationszeiten stand uns der Tag zur freien Verfügung.

Also begann ich während meiner Freizeit zu lesen. Aber was ich da las, überstieg meinen geistigen Horizont.

Dass der Buddhismus auf den Lehrer Siddharta Gautama zurück zu führen ist, das war mir bekannt. Dass er von adliger Abstammung war, auch. Er wanderte mit 29 Jahren als Bettelmönch durch die Lande und lebte in völliger Askese. Das heißt, er gönnte sich nur das wirklich Notwendigste. Nach einer mehrwöchigen Meditation unter einem Feigenbaum soll er dann die Erleuchtung bekommen haben. Nicht gewusst hatte ich bis zu diesem Zeitpunkt, dass ‚Buddha‘ eigentlich nur ‚der Erleuchtete‘ heißt. Dass es sich bei dieser Religion eher um eine Philosophie oder ein Meditationssystem handelt, war mir allerdings nicht ganz fremd.

Aber dann ging es los. Da war die Rede von einer dreifachen Zuflucht. Von der Zuflucht zum Buddha, der Zuflucht zur Lehre Buddhas und der Zuflucht zur Gemeinschaft. Ich war anständig verwirrt. Aber das sollte erst der Anfang sein. Man nennt diese drei Zufluchten auch die drei Juwelen. Wenn man nun diese drei Juwelen oder Zufluchten dreimal wiederholt, also ich nehme Zuflucht zum Buddha und so weiter, dann ist man in die Gemeinschaft der Buddhisten aufgenommen. Das war doch wohl recht einfach. Zu einfach, ehrlich gesagt.

Nun ging es auf einmal um vier edle Wahrheiten. Da hieß es plötzlich von der Wahrheit des Leidens, der Wahrheit des Entstehens des Leidens, von der Einsicht in die Möglichkeit zur Überwindung des Leidens und von der Wahrheit vom Weg zur Überwindung des Leidens. Das war mir nun doch etwas zu viel des Guten. Hier war immer von Leiden die Rede. Wie ließ sich das denn mit der Fröhlichkeit der Buddhisten vereinbaren?

Als ich mich weiter in die Lektüre vertiefte, fand ich langsam die Lösung. Im Buddhismus gibt es auch noch den edlen achtfachen Pfad über die Aspekte und Folgen einer Handlung. Es sind dies die ganzheitliche Anschauung, die ungeteilte Entschlossenheit, die untadelige Rede, das vollkommene Handeln, die ganzheitliche Lebensführung, die gleichgewichtige Anstrengung, die unablässige Achtsamkeit und die ganzheitliche Einswerdung. Na, habe ich dich jetzt überfordert?" wollte Charly plötzlich wissen.

„Nein, nein. Das ist alles höchst Interessant. Ich könnte dir noch stundenlang zuhören. Aber ich glaube, das verschieben wir auf das nächste Mal. Ich muss ja auch noch etwas anderes lernen als die Lehre des Buddha". Das Gesicht des Mädchens war vom angestrengten Zuhören leicht gerötet.

Es dauerte nun einige Tage, bis die beiden ungleichen Menschen ihr Gespräch fortsetzen konnten. Der Herbst hatte mit voller Wucht zugeschlagen und Sturm und Regen mitgebracht. An solchen Tagen wurde Marion von einer Bekannten ihrer Mutter mit dem Auto nach Hause gebracht. Sie fand auch keinen schlüssigen Grund, später noch einmal in die Stadt zu gehen. Also musste die nächste Lehrstunde warten, bis sich das Wetter beruhigt hatte.

Dann wurde es richtig herbstlich. Mit Nebel und nächtlichem Bodenfrost. Während der ganzen Zeit musste Marion an Charly denken. Wie es ihm wohl während des Sturms ergangen war?

„Du hast ja heute auch nicht mehr an, als wir uns das letzte Mal gesehen haben" tadelte
Marion den vermummten Mann zur Begrüßung.

„Auch an die Kälte kann man sich gewöhnen. Wenn ich mich jetzt schon einpacke wie im
Winter, dann habe ich nichts mehr zuzulegen, wenn es wirklich kalt wird. Ich hoffe, du bist
aber nicht nur gekommen, um mich zu schimpfen. Da lässt sich die Madame eine ganze
Weile nicht blicken, und als sie dann wieder auftaucht, mault sie nur herum. Das ist mir
vielleicht eine Freundschaft!" konterte der Mann.

„Du weißt doch, dass ich es nicht böse meine. Aber ich bin es gewohnt, dass man sich
immer warm anzieht. Meine Mutter kriegt schon einen Anfall, wenn ich bei dieser
Witterung nur unter meinem Pullover ein bauchfreies T-Shirt anhabe" entschuldigte sich
die Kleine.

Charly fiel es eigentlich erst jetzt auf, dass sein Gegenüber schon richtig frauenhafte Züge
an sich hatte. Sah er in ihr möglicherweise nur einen Ersatz für seine Tochter und übersah
dabei, dass es sich bei ihr schon um eine richtige kleine Dame handelte? Er beschloss,
erst nach ihrem Besuch genauer darüber nachzudenken.

„Du brauchst dich nicht zu entschuldigen. So empfindlich bin ich nun auch wieder nicht.
Möchtest du nun die Geschichte weiter hören, die ich das letzte Mal angefangen habe. Die
ist noch lange nicht zu Ende!" machte Charly Marion neugierig.

„Na klar. Sonst würde ich ja nicht erfahren, wie deine Reise weiter gegangen ist" rief das
Mädchen.

„Also, ich glaube, wir waren bei dem achtfachen Pfad. Wenn du dich noch erinnern kannst,
war ich ziemlich verwirrt. Das sollte sich auch durch diesen achtfachen Pfad nicht legen.
Zu allem Überfluss gab es da auf einmal auch noch die fünf Daseinsfaktoren. Frage mich

nicht, was dieser Ausdruck genau zu bedeuten hat. Ich habe es halt gelesen und so in meinem Gedächtnis behalten. Die fünf Faktoren sind als erstes der physische Körper mit den Elementen Erde, Wasser, Luft und Feuer. Dann kommt di Empfindung auf Sinneseindrücke, als nächstes die unterschiedliche Wahrnehmung äußerer Objekte, der vierte Faktor ist die Willens- und Geistesregung, die auf die Wahrnehmungen reagiert und sie interpretiert und als last, but not least, die Bewusstseinskraft. Alle diese einzelnen Bausteine fügen sich in der buddhistischen Lehre zu einem so genannten ‚Rad des Lebens' zusammen. Und das alles mit dem Ziel, das Nirwana zu erlangen. Das ist eigentlich nichts anderes als in der christlichen Lehre der Himmel. Es bedeutet im Buddhismus das Ende von Leid und Frustration und führt am Ende zur höchsten Seligkeit. In meinen Augen besteht der größte Unterschied zum Christentum darin, dass die Buddhisten daran glauben, dass sie wiedergeboren werden. Und je nachdem, wie gut sie in ihrem vorherigen Leben die Grundsätze des Siddharta Gautama umgesetzt haben, ist dann auch die Qualität des Körpers, in dem sie dann wieder auf die Erde zurückkommen. Wenn sie also zu sehr geschlampt haben, erstehen sie beispielsweise als Schwein oder Ratte oder sonst irgendein ‚minderwertiges Tier'. Wobei man sagen muss, dass die Buddhisten das Leben aller Geschöpfe aufs höchste achten. Du hast möglicherweise schon davon gehört, dass es Mönche gibt, die nicht einmal eine Ameise am Boden willentlich zertreten" beendete Charly seine Ausführungen zum Buddhismus.

„Und du bist dann die ganze Zeit in dem Kloster geblieben und hast dich zum Anhänger des Gautama ausbilden lassen?" griff die Kleine das Thema noch einmal auf.

„Aber nein. Ich habe dir ja gesagt, dass mich das Ganze doch relativ durcheinander gebracht hat. Ich bin dann nach einer Woche auf eigene Faust weiter über die Insel gezogen. Ein paar Tage später traf ich dann zufällig einen der Kanadier. Der hatte sich auch nicht so mit der ganzen Sache anfreunden können. Wir sind dann gemeinsam an die

Ostküste gereist. Damals war das noch problemlos möglich. Heute wäre es schon fast

Selbstmord. Du hast doch bestimmt schon von dem Bürgerkrieg auf Sri Lanka gehört?"

fragte der Mann.

„Ja, gehört habe ich schon davon. Aber das ist alles so weit weg. Wenn man, wie du,

schon einmal in dem Land war, hat man bestimmt eine andere Beziehung zu der ganzen

Geschichte" gab das Mädchen zu bedenken.

„Da wirst du wohl Recht haben. Wenn ich so zurück denke, war das bei mir auch nicht

anders. Wenn irgendwo auf unserem Globus eine Tragödie oder eine Naturkatastrophe

passierte, waren die Medien die ersten Tage voll damit. Nach und nach wurden dann die

Meldungen immer spärlicher und nach einer Weile berührte es einen schon gar nicht

mehr. Das ist wohl der Lauf der Dinge. Aber nun genug für heute. Es wird Zeit für dich. Bis

zum nächsten Mal" verabschiedete sich der Mann. Er war bereits im Begriff, seine Sachen

zusammen zu packen, als das Mädchen ihn von der Seite her ansah. „Ist noch

irgendetwas?" fragte der Mann erstaunt.

„Eigentlich nicht. Ich habe mir nur gerade vorgestellt, wie du wohl als Vater so warst"

antwortete Marion ein bisschen verlegen.

„Jetzt ist es aber gut. Mach, dass du nach Hause kommst" fuhr Charly die Kleine barsch

an.

„Ist schon gut. Ich wollte dich nicht verletzen" entschuldigte sich das Mädchen. Sie wusste

mittlererweile, dass diese harte Tonart wohl eher eine Art Schutzfunktion darstellte. Sie

wollte ihn nicht länger provozieren und trottete langsam die Fußgängerzone in Richtung

Heimat entlang.

Das junge Mädchen wickelte sich ihren Schal noch enger um ihren Hals. Es wehte ein

eisiger Wind. In der Nacht von Gestern auf Heute hatte es ein wenig geschneit. Am

Morgen sah alles aus, wie wenn man es mit Puderzucker bestreut hätte. Aber sie war nicht

froh über den ersten Schnee des Winters. Sie musste an ihren Freund denken. Für ihn

kam jetzt wahrscheinlich die schlimmste Jahreszeit.

„Jetzt wird es aber doch wirklich ungemütlich" begrüßte sie den Obdachlosen.

„Oh ja. Wenn die nächsten Monate schon vorbei wären, wäre mir wohler. In den

kommenden Wochen werde ich mich wahrscheinlich wieder von einigen Kumpels

verabschieden müssen" begrüßte auch er das Mädchen.

„Wie meinst du das? Haben die denn so viel Geld, dass sie verreisen können? Ich dachte

immer, ihr seid arm?" gab das Mädchen überrascht zurück.

Im Gesicht des Mannes traten die Falten noch deutlicher als sonst hervor. „Für diese

Reise brauchst du kein Geld. Von der kommt auch keiner mehr zurück. Nein, das was ich

damit meine, ist, dass auch in diesem Winter wohl einige von uns erfrieren werden. Es

sind zwar meistens die Älteren oder Kranken, aber sicher ist keiner von uns. Es kann

Jeden erwischen".

Mit Tränen in den Augen rief die Kleine: „Aber du darfst nicht sterben! Du bist doch noch

nicht alt und auch nicht krank, so wie ich das sehe".

„Ach, weißt du, das kann sich keiner aussuchen. Wenn meine Zeit gekommen ist, dann

ruft mich der alte Herr da oben zu sich. Unter uns Berbern wird immer erzählt, dass es für

uns einen eigenen Himmel gibt. Wir nennen ihn ‚ den Himmel der Clochards'. Klingt gut,

oder? So richtig vornehm" beendete der Mann seine etwas philosophische Betrachtung.

„Ich stelle mir dabei immer vor, dass dort die Welt verdreht ist. Dort sind wir die Herren und

diejenigen, die auf dieser Welt so auf uns herab schauen, sind die Almosenempfänger.

Aber das ist halt nur eine Sage. Bis jetzt ist noch keiner zurückgekommen und hat

berichten können, ob das wirklich stimmt. In seiner Stimme schwang ein bisschen

Zynismus und auch Fatalismus mit. Aber für diese Zwischentöne hatte das Mädchen kein

Ohr. Sie überlegte, wie sie ihren Freund von diesen düsteren Gedanken abbringen könnte.

„Warst du eigentlich auch noch woanders im Urlaub als nur auf dieser Insel Sri Lanka" versuchte sie ein anderes Thema aufzugreifen.

„Aber ja. Mein Lieblingsland war immer Italien. Als Junge habe ich immer gedacht, die Gegend so um Venedig, das wäre das wahre Italien. Aber einmal, als in der ganzen Gegend kein Campingplatz mehr frei war, bin ich ganz spontan weiter gefahren. Irgendwann landete ich in der Toskana. Mann, war das vielleicht ein toller Landstrich. Nicht so flach und eben wie an der Adria. Da waren Berge, oder besser gesagt, Hügel. Und alles war bewaldet. Überall standen Pinien. In der Schule habe ich einmal etwas über die Macchia gelernt. Das ist das Gestrüpp, das im ganzen Mittelmeerraum wuchert. Bis zu diesem Zeitpunkt war mir nicht klar, wie so etwas aussehen könnte. Aber in der Toskana, da habe ich sie dann gesehen. Es war einfach toll!

Und erst der Campingplatz! Erstens war er riesengroß. So weit ich es noch im Kopf habe, waren es so ungefähr zweitausend Stellplätze für Zelte und Wohnwagen. Und zweitens waren die einzelnen Plätze alle durch Hecken voneinander abgeteilt. Das waren dann lauter so einzelne Parzellen. Wie in einem Stall. Da gibt es doch auch lauter so einzelne Boxen für die Tiere. So war das zumindest früher. Kennst du dich mit Ställen aus?" wollte Charly von Marion wissen.

„Also, ehrlich gesagt, habe ich noch nie einen Stall so genau von innen angesehen" antwortete sie wahrheitsgemäß.

„Das ist ja eine Schande!" schimpfte der Mann, „aber so ist das bei den Stadtmenschen. Als junge Menschen fahren sie nicht aufs Land, weil da ja nichts geboten ist. Und wenn sie dann älter sind, kommen sie aufs Land, weil sie dem Trubel in der Stadt entfliehen möchten. Und vom Landleben haben sie dann keine Ahnung. Da kaufen sie sich ein Häuschen im Grünen, und dann stören sie die Kirchenglocken, die Kuhglocken und auch noch das Geschrei vom Gockel. In was für einer Welt leben wir denn eigentlich. Wenn ich dir einen Rat geben darf, versuche doch, deine Eltern in den nächsten Ferien dazu zu überreden, einmal Urlaub auf dem Bauernhof zu machen. Du wirst sehen, das macht riesigen Spaß".

„Ich weiß nicht so recht" stotterte Marion „so richtig mit Kuhmist und dem Gestank aus dem Stall. Ich glaube nicht, dass ich meine Eltern dazu überreden kann".

„Versuch es zumindest. Wenn sie nein sagen, kannst du dir wenigstens nicht vorwerfen, dass du es nicht versucht hättest. Aber wir sind ja ganz vom Thema abgekommen. Ja, der Campingplatz in der Toskana. Das einzige Problem war damals, dass diese Ecke Italiens touristisch noch weitgehend unerschlossen war. Von den ganzen Stellplätzen waren vielleicht zehn oder zwanzig von Ausländern besetzt. Die anderen waren alle von Italienern beschlagnahmt. Was natürlich zur Folge hatte, dass in den Geschäften kein Mensch Deutsch reden oder verstehen konnte. Darum mussten ich mit Händen und Füßen einkaufen. Ich konnte zwar ein paar Brocken italienisch, aber das reichte logischerweise nirgends hin" schmunzelte der Mann vor sich hin. Man merkte ihm an, dass es ihm Freude machte, von diesem Urlaub zu erzählen. Doch plötzlich wurde sein Blick melancholisch.

„Und dann sah ich sie. Die schönste Frau des ganzen Campingplatzes. Mir blieb die Luft weg. Aber wie sollte man so eine Schönheit ansprechen. Ich war zwar nicht gerade schüchtern und auch um eine Masche zum Anmachen nicht verlegen, aber bei so einer Madonna konnte man so plumpe Sprüche nicht loslassen. Eigentlich kam mir ein dummer Zufall zu Hilfe. Zwischen dem Campingplatz und dem Strand des Tyrrhenischen Meeres war ein breites Band mit Macchia. Ich habe dir ja schon erzählt, was das ist. Und in diesen Streifen waren auch die Duschen gebaut, mit denen man sich das Salzwasser von der Haut waschen konnte. Als ich dann einmal in Richtung Meer unterwegs war, hörte ich einen lauten Schrei. Ich lief natürlich sofort in die Richtung, aus der der Schrei kam, um zu

helfen. Und tatsächlich, stand da nicht meine heimlich Angebetete und hüpfte hin und her.

Während ich sie so hörte, fiel mir erstmals auf, dass sie deutsch rief. Ich fragte sie, ob ich

ihr helfen könne. Sie meinte, wenn ich ihr etwas Gutes tun wolle, dann solle ich doch das

grässliche Vieh da entfernen. Ich musste schon zweimal hinsehen! Da stand doch

tatsächlich eine Gottesanbeterin neben der Dusche. Die Duschen waren ja nicht

geschlossen. Das waren nur Rohre, die aus der Erde ragten, an die man ein Sieb montiert

hatte. Kennst du Gottesanbeterinnen?" unterbrach der Mann sich selbst. Er musste

gerade wieder daran denken, dass er nicht wusste, welchen Stoff die Schüler heutzutage

in diesem Alter bereits schlucken mussten.

„Ich kenne die Tiere schon, aber nicht, weil wir das in der Schule gelernt haben, sondern

weil ich die mal bei der ‚Sendung mit der Maus' gesehen habe. Das sind doch die

Insekten, die immer mit offenen Armen dasitzen und warten, bis ein kleineres Tier vorbei

kommt, damit es das fressen kann" verkündete das Mädchen ihr Wissen.

„Ja, genau. Und vor so einem Tier hatte diese Frau Angst! Ich hätte jetzt eine dramatische

Rettungsaktion starten können. Aber ich habe das arme Tier nur auf die Hand genommen

und ins Gebüsch getragen. Ich glaube, das hat mehr Eindruck gemacht wie wenn ich das

Tier recht theatralisch ums Leben gebracht hätte. Ich konnte nun zumindest ein paar Wort

mit der Dame wechseln. Dabei stellte sich heraus, dass sie mit ihren Eltern im Urlaub war,

weil sie sich erst vor kurzem von ihrem Freund getrennt hatte. Was für ein glücklicher

Zufall! Also bemühte ich mich ein wenig intensiver um sie. Nach einigen Tagen gingen wir

bereits Händchen haltend abends an den Strand. So wie das halt Verliebte in Liebesfilmen

auch immer so tun. Auch dauerte es nicht allzu lange, bis ich sie das erste Mal küssen

durfte. Ihren Eltern blieb das natürlich nicht verborgen. Nach ein oder zwei Tagen sprach

mich ihr Vater an und lud mich auf ein Glas Wein zu sich ein. Während des Gespräches kam er dann auf den eigentlichen Grund seiner Einladung zu sprechen. Ich sollte die Finger von seiner Tochter lassen! Er drückte sich natürlich etwas gewählter aus, aber im Endeffekt war es genau das, was er von mir verlangte! Falls ich noch irgendwelche Fragen hätte, könnte ich mich jederzeit an ihn wenden. Momentan war ich allerdings sprachlos. Als ich dann am Abend am vereinbarten Treffpunkt auf meine Liebste wartete, musste ich bald feststellen, dass es der Vater wohl ziemlich ernst gemeint hatte. Sie kam jedenfalls nicht. Und auch am nächsten Tag versuchte sie, mir so gut wie möglich aus dem Weg zu gehen. Als ich sie dann einmal an den Duschen abpassen konnte, sagte sie nur, dass es wahrscheinlich besser wäre, wenn wir uns nicht mehr sehen würden. Als ich nach dem Grund fragte, gab sie mir nur zur Antwort, dass wir doch nicht miteinander glücklich werden könnten. Dann lief sie weinend davon. Jetzt musste ich es aber schon genauer wissen! Also wieder hin zu ihrem Vater. Als ich ihn nach dem Grund für diesen ganzen Zirkus fragte, stellte er mir nur eine Frage:' Kennst du die Wahrheit?'. Ich musste recht belämmert dreingeschaut haben. Darum sagte er, wenn ich die Wahrheit nicht kennen würde, würden wir auch nicht miteinander verwandt werden. War das vielleicht eine bescheuerte Situation. Die Wahrheit? Die Wahrheit von was denn? Wie sollte ich wissen, ob ich die Wahrheit kenne, wenn mir nicht gesagt wurde, welche? Ich musste meine Angebetete sprechen. Die Gelegenheit bot sich, als sie alleine beim Einkaufen im Lebensmittelgeschäft des Campingplatzes war. Als ich sie auf diese merkwürdige Äußerung ihres Vaters ansprach, meinte sie nur, dass es wohl das Richtige wäre, wenn wir uns nicht mehr träfen, wenn ich die Wahrheit nicht kennen würde. Jetzt platzte mir aber der Kragen. Ich schnauzte sie an, sie könne sich ihre Wahrheit wer weiß wo hin schieben, drehte mich um und ging. Aus den Augenwinkeln heraus sah ich, wie sie dastand und weinte. Ich musste herausfinden, was das für eine komische Wahrheit war. Aber wie? Ich schlich mich abends um das Zelt der Eltern meiner Traumfrau. Ich bekam aber nur immer nur Wortfetzen mit. ‚Versammlung' oder ‚Königreichssaal', damit konnte ich nichts anfangen. Also am nächsten Tag ein Herz gefasst und nochmals zu den Eltern. Der Vater war einigermaßen erstaunt, als er mich sah. Er hatte wohl gedacht, nach unserer letzten Unterhaltung wäre mein Interesse an seiner Tochter erloschen. Aber genau das Gegenteil war der Fall! Ich wurde immer neugieriger. Nun konnte mein Gegenüber nicht mehr aus. Plötzlich fragte er mich aus heiterem Himmel, was für einen Glauben ich hätte. Ich erzählte ihm die Geschichte mit unserem Pfarrer und meinem Austritt aus der katholischen Kirche. Als ich geendet hatte, fragte er mich, ob ich an etwas glaube. Also ob es eine höhere Macht oder so etwas geben würde. Als ich das bejahte, fragte er mich weiter, ob ich mir vorstellen könne, ohne Namen auf dieser Welt zu sein. Als ich das nun verneinte, meinte er, dass Gott das auch so sehen würde. Ich blickte, ehrlich gesagt, nicht so ganz durch. Erst als er mich dann fragte, ob ich glaubte, dass Gott nur ein Titel sei so wie Doktor oder einfach Herr, da fing es ein wenig zu dämmern an. Ich hatte schon einmal von einer Sekte gehört, die ihrem Gott einen Namen gegeben hatten. Jehova. Ja, das mussten Zeugen Jehovas sein. Als ich mein Gegenüber direkt darauf ansprach, bejahte dieser und meinte, dass ich ja nun verstünde, warum er so unglücklich über den Flirt seiner Tochter war. Aber meine Antwort auf die Situation war nur, dass ich doch auch Zeuge Jehovas werden könnte. Am Blitzen seiner Augen sah ich, dass ihm der Gedanke gefallen würde. Er entgegnete mir aber, dass das ein langwieriger Prozess sei und dass man hierzu gründlich die Bibel studieren müsse. Ich sah darin kein Problem. Ich verabschiedete mich von meinem Gastgeber und ging nachdenklich in mein Zelt. Die Bibel studieren. Als ob ich als ehemaliger Katholik keine Ahnung von der Bibel hätte! Aber ich sollte mich ganz gewaltig täuschen!

Als ich wieder zu Hause war, erkundigte ich mich, wo der nächste Versammlungsort von Zeugen Jehovas war. Dabei erfuhr ich dann auch, dass in meinem Dorf ein Ältester der

Zeugen Jehovas wohnte. Ich hatte damals keine Ahnung, was das bedeutete, aber es war schon erstaunlich genug, dass da ein Zeuge Jehovas in meinem Dorf wohnte und ich keine Ahnung davon hatte. Nach Rücksprache mit den Verantwortlichen der so genannten Versammlung, die für unser Gebiet zuständig war, besuchte ich also diesen Ältesten und fing dann an, mit ihm wirklich die Bibel zu studieren. Hierzu gab es von den Zeugen eine menge Hilfen in Form von Büchern und Broschüren. Seltsamerweise war es aber so, dass, je mehr ich mich in das Studium der Bibel vertiefte, sich immer mehr Widerstand in meiner Familie aufkam.

Ursprünglich meinte mein Vater zu der ganzen Angelegenheit nur, es wäre meine eigene Sache, welchen Glauben ich annehmen möchte. Nachdem ihn dann aber ein paar Mal Kunden darauf angesprochen hatten, was sein Sohn denn da so treibt, da hat er dann umgeschwenkt. Damals war er sogar so weit, dass er mich enterbt hätte. Das hat er mir dann später einmal erzählt.

Ich jedenfalls war mit meiner Entwicklung ganz zufrieden. Durch den engeren Kontakt mit den Zeugen wurde mir das Verhalten des Vaters meiner Freundin klarer. Bei denen ist es nämlich so, dass sie es möglichst vermeiden, jemanden außerhalb ihres Glaubens zu heiraten. Sie sehen darin zu viel Konfliktpotential. Das heißt, dass der Partner, der nicht ihrem Glauben angehört, Schwierigkeiten bei der Ausübung desselben machen könnte. Du hast doch bestimmt schon gesehen, dass gerade hier in der Fußgängerzone öfters einmal so Leute herumstehen, die Hefte in der Hand haben. Das sind der Wachturm und das Erwachet. Die Hauptverbreitungsschriften der Zeugen.

Als ich also eine Weile mit den Zeugen Jehovas die Bibel studiert hatte, musste ich feststellen, dass ich so ziemlich gar keine Ahnung von der Bibel hatte. Ich war fasziniert von dem Wissen der Mitglieder. Erst später habe ich dann mitbekommen, dass das alles antrainiert ist.

Die wichtigste Erkenntnis für mich war aber, dass sie, obwohl auch Christen, einen so ganz anderen Glauben hatten als die mir bekannten anderen großen Kirchen, also die Katholiken und die Reformierten. Da gab es kein Weihnachten, kein Sylvester, keinen Geburtstag, keine kirchliche Hochzeit in Weiß, eigentlich so fast gar nichts, was ich aus meinem früheren Leben her kannte. Auch gab es hier eine ganz andere Art von Hierarchie. Das bedeutet, dass es hier keinen Pfarrer oder sonstige Würdenträger gibt. Jede Ortsgruppe, die bei den Zeugen Versammlung heißt, hat eine Reihe von so genannten Ältesten. Ihnen zur Seite stehen die Dienstamtgehilfen. Die Ältesten sind so etwas wie der Vorstand, um das einmal in weltlichen Dimensionen auszudrücken. Sie sorgen für das geistige Wohl der Mitglieder. Und die Dienstamtgehilfen sind so was Ähnliches wie Assistenten. Hauptziel der Zeugen Jehovas ist die Verkündigung der Frohen Botschaft aus der Bibel. Wenn ich ehrlich bin, mit so etwas abstrakten wie dem Himmel habe ich nie viel anfangen können. Da klang die Botschaft, die die Zeugen verbreiten und predigen, schon ein wenig plausibler. Sie sagen, Gott hat in der Bibel verheißen, dass er auf der Erde wieder ein Paradies erschaffen wird, wie es einst Adam und Eva von ihm erhalten haben. Doch kann in diesem Paradies nur der leben, der sich nach den Gesetzen der heiligen Schrift ausrichtet. Das ist das Nadelöhr, von dem Jesus in einem Gleichnis spricht. Das war eine super Perspektive. In der Zukunft mit meiner Familie in einem Paradies zu leben. Ohne Hunger, Tod, Schmerzen oder Krieg. Um dieses Paradies zu ererben, gehörte es auch dazu, von Haus zu Haus zu gehen und diese Botschaft zu verkündigen. Das fiel mir besonders schwer. Und trotzdem wollte ich dazu gehören! Also machte ich gute Miene zum bösen Spiel. Es ist bei ihnen auch so, dass kein Verkehr vor der Ehe erlaubt ist. Eigentlich ist das ja bei den anderen christlichen Religionen auch so, aber das interessiert da kaum jemanden. Tja, und ich wollte meine Freundin ja ganz haben. Also durchlief ich die ganze Ausbildung einschließlich Predigtdienstschule und so weiter. Dort wirst du geschult, von Haus zu Haus zu gehen und den Menschen die Botschaft der Heiligen Schrift zu erzählen. Möglichst natürlich auch andere dazu zu bringen, zu den Zeugen zu kommen. Nach geraumer Zeit ließ ich mich dann taufen. Ja, ja, du brauchst gar nicht so ungläubig zu schauen! Obwohl ich bereits als Katholik getauft war, musste ich mich nochmals taufen lassen. Und zwar Bibelkonform. Das bedeutet, dass keine Kinder getauft werden, sondern dass man schon halbwegs erwachsen sein muss. Außerdem bedeutet die Taufe nach der Bibel, dass man vollständig untergetaucht wird. So wie es Johannes der Täufer mit Jesus im Jordan getan hatte. Mein nächstes Ziel war nun, meine Freundin zu heiraten. Das erwies sich aber als schwieriger als gedacht.

Es geschah damals etwas, das mir zu denken gab. Ich musste aller Voraussicht nach länger im Betrieb arbeiten. Als ich dann doch früher als erwartet mit meiner Arbeit fertig wurde und zu meiner Freundin kam, sah ich ein Auto vor dem Garagentor parken. Das durfte dort eigentlich zu dieser Zeit nicht stehen. An diesem Abend war doch nämlich eine Versammlung im Königreichssaal, der Versammlungsstätte der Zeugen. Ich kannte das Auto nur zur Genüge. Es war der Wagen des Exfreundes meiner Verlobten. Was machte der denn im Haus meiner zukünftigen Schwiegereltern? Ich wurde ziemlich misstrauisch. Da ich inzwischen einen Schlüssel zur Haustüre hatte, ließ ich meinen Wagen auf der Straße stehen und ging so leise wie möglich ins Haus. Aus dem Zimmer meiner Freundin kamen eindeutige Geräusche! Ich glaubte, meinen Ohren nicht zu trauen! Meine zukünftige Frau vergnügte sich mit ihrem Exfreund, während ich länger arbeitete und ihre Eltern in der Versammlung waren! Ich war hin und her gerissen, wie ich mich verhalten sollte. Am liebsten wäre ich in das Zimmer gestürmt und hätte beide anständig durchgeprügelt! Aber mir wurde die Entscheidung abgenommen. In diesem Moment kamen nämlich ihre Eltern in die Einfahrt gefahren. Im Zimmer wurde es auf einmal recht hektisch. Als dann meine Freundin und ihr Ex aus der Türe kamen, blieben sie wie angewurzelt stehen. Sie hatten mich tatsächlich nicht gehört! Meine Freundin versuchte

erst gar nicht, irgendwelche Ausreden zu finden. Sie meinte nur, jetzt wüsste ich ja

Bescheid und sie könne sich schon vorstellen, wie ich mich entscheiden würde. Nachdem

ich mit den Eltern die Sachlage analysiert hatte, war meine Entscheidung gefallen. So eine

Frau konnte ich nicht heiraten! Die meinte auf die Vorwürfe ihrer Eltern nur, sie würde

sowieso aus der Wahrheit, also der Vereinigung der Zeugen Jehovas ausscheiden und

ihren ehemaligen Freund, mit dem sie seit einiger Zeit wieder verkehrte, heiraten. Ihre

Eltern fielen aus allen Wolken, konnten aber letztendlich nichts dagegen machen.

Nach einigen Monaten, in denen ich meinen Dienst in der Gemeinschaft der Zeugen mehr

schlecht als recht tat, kehrte ich ihnen den Rücken. Wenn selbst in dieser Gemeinschaft,

die für sich in Anspruch nahm, bibeltreu zu leben, solche Elemente wie meine Freundin

geduldet wurden, dann hatte ich dort auch nichts mehr verloren. Ich erfuhr dann einige

Zeit danach, dass sie aus der Glaubensgemeinschaft der Zeugen Jehovas

ausgeschlossen worden war. Aber das änderte nichts an meinem Entschluss" bei diesen

Worten wurde das Gesicht des Mannes wieder einmal härter, als er es vermutlich selbst

wollte.

„Aber du hast dann doch geheiratet. Sonst hättest du doch nicht von deiner Frau und

deinen Kindern erzählt" wunderte sich Marion über die für sie unverständliche

Gemütsregung ihres Freundes.

„Ich bin eigentlich nicht der Typ, der gerne alleine ist. Natürlich habe ich mich, nachdem

ich mich von dem Schock erholt hatte, wieder nach einer Frau umgesehen. Zwei Jahre

später habe ich dann in einer Disco meine zukünftige Frau kennen gelernt. Ich war dort

eigentlich mit einem Freund verabredet. Wir hatten ausgemacht, dass wir ordentlich einen

drauf machen. Aber er hatte sich verspätet. Da habe ich sie dann gesehen. Sie hat mir sofort gefallen, obwohl sie so ganz anders aussah, als ich mir die Mutter meiner künftigen

Kinder vorgestellt hatte. Sie war eher pummelig. Ich hatte bis dahin eigentlich nur

Freundinnen, die einigermaßen schlank waren. Aber es waren, glaube ich, ihre Augen. Ich

hatte noch nie in so strahlend blaue Augen geschaut. In die habe ich mich dann sofort

verliebt. Meine Ambitionen bekamen allerdings einen Dämpfer, als ein Mann auf sie zukam

und sie mit einem Kuss auf die Wange begrüßte. Aber ich ließ mich nicht unterkriegen. In

einem günstigen Augenblick fragte ich sie, ob sie mit mir tanzen wolle. Sie sagte sofort zu.

Auf der Tanzfläche kamen wir uns bei einem langsamen Lied näher. Ich musste ein ganz

schön bescheuertes Gesicht gemacht haben, als sie mich fragte, ob ich ihren Bruder

kennen würde. Das war nämlich die herzliche Begrüßung von vorher! Wir mussten beide

lachen, als ich ihr von meiner Verzweiflung erzählte. Ich lud sie dann in die Bar auf einen

Drink ein. Mein zwischenzeitlich aufgetauchter Freund war total sauer, weil ich nur noch

Augen für meine neue Eroberung hatte. Es entwickelte sich dann aus der Bekanntschaft

eine stürmische Liebe. Wir brauchten auch nicht bis nach der Hochzeit zu warten, um uns

zu lieben. Ich glaube, ich war ihr damals regelrecht verfallen. Sie hatte bereits reichlich

Erfahrung in Sachen Liebe gesammelt und gab ihren Erfahrungsschatz nur allzu

bereitwillig an mich weiter. Auf Deutsch, sie war eine Kanone im Bett. Aber das ist

eigentlich noch nichts für deine jungen Ohren!

Wir haben dann auch relativ schnell geheiratet. Mein Vater war von seiner

Schwiegertochter begeistert. Sie war gelernte Krankenschwester und tat nun Dienst bei

einer ambulanten Pflegestation. Die soziale Einstellung von ihr gefiel meinen Eltern

unwahrscheinlich. Und was das Beste war, sie stammte aus einem erzkatholischen

Elternhaus. So mit sonntäglichem Kirchenbesuch und Beichten und allem, was sonst noch

dazu gehört. Durch diese Familie kam ich auch wieder in den Schoß der heiligen Mutter

Kirche zurück. Das Vorbild dieser Familie faszinierte mich dermaßen, dass ich nach einiger Zeit den zuständigen Pfarrer fragte, ob ich denn wieder in die katholische Kirche zurückkommen könne. Nach den Formalitäten, die mit dem zuständigen Bischof erledigt werden mussten, erneuerte ich also mein Taufversprechen unter den Augen von Zeugen und war somit wieder Katholik. Ich ging aber noch weiter. Ich engagierte mich in der Pfarrgemeinde und wurde bei den nächsten Wahlen in den Pfarrgemeinderat gewählt. Das gefiel auch meinen Eltern, obwohl sie nun nicht so kirchlich eingestellt waren. Vor allem wussten sie ihren Ältesten endlich unter der Haube". Der Mann bekam einen Hustenanfall und rang nach Luft.

„Geht es dir denn nicht gut?" sorgte sich Marion um ihn.

„Das viele Reden hat mich ziemlich angestrengt. Ich bin ein wenig erkältet. Darum solltest du mich nun ausruhen lassen und nach Hause gehen" spielte Charly seinen Anfall herunter.

„Soll ich denn nicht lieber einen Arzt rufen?" blieb das Mädchen hartnäckig.

Der Mann musste lachen.

„Glaubst du wirklich, dass ein Arzt extra zu mir kommen würde? Wenn ich einen Arzt brauche, dann muss ich schon den nehmen, den mir das Sozialamt zuweist. Aber es ist nett, dass du dir solche Sorgen um mich machst" beschwichtigte Charly seine kleine Freundin.

„Wie du meinst. Dann schaue ich morgen wieder nach dir. Ich wünsche dir gute Besserung und eine gute Nacht. Ich weiß, wie schlecht man schläft, wenn man immerzu husten muss. Das ist eine schreckliche Sache" verabschiedete sich Marion.

VI.

‚Er sieht gar nicht gut aus' dachte Marion, als sie auf Charly zuging. ‚Ganz grau im Gesicht und mit richtig eingefallenen Wangen. Er ist bestimmt viel kranker, als er zugibt'. Sie machte sich wirklich Sorgen um ihren Freund.

„Wie geht es dir?" begrüßte sie ihn.

„Wie soll es denn schon gehen. Ich bringe meine Erkältung bei diesem Sauwetter einfach

nicht los. Aber sonst geht es schon soweit" beruhigte er sie.

„Zum Geschichten erzählen reicht es" schmunzelte er.

„Das musst du selber wissen. Ich höre dir auf jeden Fall gerne zu. Das weißt du ja" gab

das Mädchen kess zurück. „Ich bin doch neugierig!"

„Also gut. Wo waren wir gestern stehen geblieben? Ich glaube, ich habe dir gerade

erzählt, wie ich meine Frau kennen gelernt habe. Es hat nicht lange gedauert, bis mein

Vater mich drängte, ich solle sie doch heiraten. Sie wäre die Richtige. Er war wie

verwandelt. Er organisierte die Hochzeitsfeier. Die beste Tanzband der Gegend sollte es

sein. Das beste Essen! Und natürlich eine Menge Gäste. Es wurde extra die Halle der

Firma leer geräumt. Der Sohn der Firma sollte ja standesgemäß in der eigenen Halle

heiraten. Auch meine Mutter wurde geschäftig. Sie organisierte das Kuchenbuffet. Die

ganze Verwandtschaft sollte ihr Scherflein zum Gelingen des Festes beitragen. Für das

Schmücken der Halle wurde eigens ein Dekorateur engagiert. Geld sollte bei dieser Feier

nebensächlich sein. Ich muss zugeben, ich war gerührt. Und es wurde dann auch ein

rauschendes Fest. Die letzten Gäste sind erst nach Hause gegangen, als es schon lange

hell war. Am Tag nach unserer Hochzeit nahm mich dann mein Vater zur Seite. Er tat

geheimnisvoll. Ich sollte doch nun den Meisterbrief machen und dann den Betrieb

übernehmen. Er würde nun langsam alt und wolle sich langsam zur Ruhe setzen. Ich war

angenehm überrascht. Über dieses Thema hatten wir bis zu diesem Zeitpunkt kein Wort

gewechselt. Noch überraschter war ich, als er meinte, er habe sich schon einmal

erkundigt, welche Schule die Beste sei. Nun wurde also kräftig an meiner Zukunft

geschmiedet. Oder besser gesagt gezimmert. Ich ging also auf die Meisterschule. Da ich ja beim Lernen noch nie Probleme hatte, schloss ich sie als Innungsbester ab. Mein Vater konnte vor Stolz kaum noch gehen. So war seine Brust aufgeplustert. Es kam also der Tag, an dem ich den Betrieb offiziell übernehmen sollte. Unsere Angestellten wussten ja, was auf sie zukam. Es änderte sich eigentlich nicht viel. Außer dass ich mich mehr um den Innenausbau als um den Treppenbau kümmern wollte. Zur gleichen Zeit eröffnete mir meine Frau, dass ich Vater werde. Ich konnte mein Glück kaum fassen. Der Betrieb, dann auch noch Vaterfreuden. Alles war perfekt. Nach der Geburt unserer ersten Tochter vergötterte ich meine Frau noch mehr als zuvor. Wie sich später herausstellen sollte, war das der größte Fehler, den ich je gemacht habe. Aber zunächst verlief die ganze Umstellung schleichend. Bereits ein Jahr nach der Geburt unserer Tochter wurde meine Frau erneut schwanger. Dass es auch diesmal ein Mädchen war, machte uns beiden nichts aus. Auch meine Eltern meinten, heutzutage sei es doch kein Problem mehr für ein Mädchen, Schreiner zu lernen und dann später den Betrieb zu übernehmen. Was sich die für Gedanken machten! Ich musste richtig loslachen, als meine Mutter dies in vollem Ernst sagte. Nun hatte gerade einmal ich den Betrieb übernommen und schon machten sie sich Gedanken über meine Nachfolge! Eine amüsante Situation. So hätte alles seinen Lauf nehmen sollen, wenn da nicht meine Frau etwas dagegen gehabt hätte. Da ich sie ja praktisch auf Händen trug, wurde es langsam zur Selbstverständlichkeit, dass meine Frau das Sagen im Haus hatte. Ich wurde immer mehr zum Befehlsempfänger. Anfangs gefiel mir das. Keine Verantwortung, keinen Stress. Nichts!

Das Problem an der Sache war nur die, dass ich nicht der Typ bin, der gerne Befehle entgegen nimmt. Ich befehle lieber. Und so gab es dann immer öfter Streit. Das blieb natürlich auch meinen Eltern nicht verborgen. Meine Mutter meinte dazu nur, dass sich das schon mit der Zeit legen würde. Mein Vater hingegen war der Ansicht, dass es an der Zeit wäre, anständig auf den Tisch zu klopfen. Dazu hatte ich aber gar keine Lust. Ich wählte den Weg des geringsten Widerstands. Ich kam einfach nicht mehr so früh nach Hause. Lieber trank ich mit unseren Arbeitern nach Feierabend noch ein Bier. Oder auch zwei oder drei. Wenn ich dann nach Hause kam, war mir das Gemecker meiner Frau egal. Ich ging in die Dusche, holte mir etwas zu Essen aus dem Kühlschrank und ging dann wortlos ins Wohnzimmer, wo ich fernsah, bis mir die Augen zufielen. Noch kurz ins Bad, und dann ab ins Bett. Und das alles ohne viele Worte. Nach einiger Zeit fing ich dann an, nach dem Feierabendbier mit den Angestellten noch auf einen Dämmerschoppen in die Dorfgaststätte zu gehen. Diese Besuche dehnte ich immer länger aus. Und je länger ich ausblieb, desto mehr schimpfte meine Frau. Ich würde die Kinder gar nicht mehr sehen, und wir beide würden auch nichts mehr zusammen unternehmen und so weiter. Ich sah sie nur kurz an und ging dann jedes Mal ins Bett.

Aber ich habe dir ja schon einmal gesagt, dass ich anfällig auf Suchtprobleme bin. Und so war es auch hier. Nach einiger Zeit reichte es mir nicht mehr aus, am Abend ein paar Biere zu trinken. Bald trank ich schon mittags zwei oder drei Bier. Nach kurzer Zeit reichte mir das aber auch nicht mehr. Ich trank morgens vor der Arbeit schon Alkohol. Und vor allem glaubte ich, dass die anderen davon nichts mitbekamen. Bis mich mein Vater dann eines Tages darauf ansprach. Aber zu dem Zeitpunkt war ich schon in der Phase der Sucht, wo ich meinte, ich könnte zu jeder Zeit aufhören zu trinken. Das Schlimme aber war, dass auch die Qualität der Arbeit unter meinem Suchtproblem litt. In einem Fall musste ich eine komplette Holztreppe wieder ausbauen und ohne zusätzliche Entlohnung eine neue einbauen. Das tat der Firmenkasse ganz erheblich weh! Die Steigerung der ganzen Situation war dann, dass keine Kunden mehr kamen. Es sprach sich herum wie ein Lauffeuer, dass auf mich kein Verlass mehr war. Weder was die Qualität anbelangte, noch die Pünktlichkeit oder gar die Freundlichkeit.

Über kurz oder lang blieben dann natürlich auch die Gelder aus. Keine Aufträge bedeuten

ja auch kein Geld. Meine Eltern waren verzweifelt. Sie sahen ihr Lebenswerk gefährdet.
Und das ganz zu recht! Bald kam dann die Zeit, wo sich auch meine Kinder innerlich von
mir entfernten. Hatten sie schon sowieso nicht viel von ihrem Vater gehabt, so war er jetzt
auch noch betrunken, wenn er nach Hause kam. Aber ich war immer noch der Meinung,
dass ich zu jeder Zeit aufhören könnte zu trinken! Ich sah dazu aber keinen Anlass. Durch
meine Trinkerei schimpfte meine Frau natürlich noch mehr. Und für mich war dies ein
willkommener Anlass, noch mehr zu trinken.

Den Rest gab mir dann aber der Tod meiner Eltern. Sie hatten einige Tage bei Verwandten
in den Bergen Urlaub gemacht und kamen auf dem Nachhauseweg mit ihrem Auto von der
Straße ab. Mein Vater war sofort tot und meine Mutter starb zwei Tage später im
Krankenhaus. Nun war es endgültig mit meiner Beherrschung vorbei. Beim
Leichenschmaus nach der Beerdigung war ich so betrunken, dass ich bis heute nicht
weiß, wie ich nach Hause kam. Nun war mein letzter Halt also auch noch verschwunden.
Ich bekam das heulende Elend. Ich weiß natürlich, dass ich das in erster Linie dem
Alkohol zuschreiben muss, aber ich war eigentlich schon immer sehr sensibel.

Doch dann kam es, wie es meine Eltern wohl vorhergesehen hatten. Ich konnte meinen
Angestellten den Lohn nicht mehr bezahlen. Ich vertröstete sie, es würde bald ein großer
Auftrag hereinkommen. Aber sie ließen sich nicht täuschen. In Wahrheit spekulierte ich
nämlich darauf, mein Elternhaus zu verkaufen und davon eine Weile zu leben. Aber ich
hatte die Rechnung ohne sie gemacht. Bei der Testamentseröffnung wurde verlesen, dass
meine Geschwister als Haupterben eingesetzt worden waren und mir nur der Pflichtteil
zustand. Und der sei mir bereits mit der Übernahme des Betriebes zugekommen. Ich war
am Boden zerstört. Ich hatte nämlich auch den Chef meiner Bank damit vertröstet, dass
bald ein großer Auftrag hereinkäme. Nun stand ich vor dem Nichts! Und es war natürlich

alles die Schuld der Anderen.

Der nächste Schock ließ nicht lange auf sich warten. Als ich am Abend darauf in unser Haus kam, war es merkwürdig still. Kein Kindergeschrei, obwohl es noch früher Abend war. Ich hatte mir für diesen Tag vorgenommen, mit meiner Frau ein ernsthaftes Gespräch zu führen. Ich wollte mich bessern. Aber da war niemand. Als ich das Haus durchsuchte, fiel mir auf, dass einige Spielsachen unserer Kinder fehlten. Im Schlafzimmer fand ich dann ein Kuvert mit meinem Namen darauf. Es war die Handschrift meiner Frau. Meine Hände zitterten, als ich den Umschlag öffnete. Ich glaube, ich wusste schon im Voraus, was drin stand. Meine Frau schrieb, dass sie so ein Leben nicht mehr aushielte. Immer betrunken und nicht ansprechbar wäre ich nicht der Mann, den sie einst geheiratet habe. Aber sie war doch auch nicht mehr die, in die ich mich einmal verliebt hatte! Und ich wollte mich ja ändern! Aber was tat ich? Anstatt zu meiner Frau zu gehen, die mit den Kindern zu ihren Eltern gezogen war, ging ich in die Kneippe und trank noch mehr als sonst. Die Wirtin hatte wohl schon mitbekommen, was bei uns zu Hause los war, und versuchte, mich zum heimgehen zu bewegen. Doch wie ein trotziges Kind machte ich genau das Gegenteil von dem, was man mir riet. Ich trank fast bis zur Besinnungslosigkeit und torkelte dann heim. Am nächsten Morgen war es dann das erste Mal, dass ich nicht fähig war, meine Arbeit zu tun. Ich schaffte es nicht einmal, mich zu waschen und zu rasieren.
Als ich mich am Mittag dann aufraffte und in den Betrieb ging, kam der nächste Niederschlag. Im Briefkasten lag ein Umschlag mit dem Logo meiner Hausbank. Als ich ihn öffnete, hatte ich schon ein mulmiges Gefühl. Und tatsächlich! In nüchternem Amtsdeutsch stand da, dass ich bis auf weiteres nicht mehr über meine Konten verfügen dürfte. Alles war gesperrt! Ich musste mich erst einmal setzen. Auf diesen Schreck brauchte ich etwas zu trinken. Zum Glück war in meinem Schreibtisch immer eine Reserve

deponiert.

Ich kam erst am nächsten Tag wieder zu mir. In meinem Büro herrschte das Chaos. In meinem Suff musste ich am Tag zuvor alle Unterlagen aus den Regalen gerissen haben. Sie lagen auf dem Fußboden zerstreut. Nichts deutete darauf hin, was ich gesucht oder ob ich irgendetwas gefunden hatte. Vor allem wusste ich ja nicht, auf was ich achten sollte. Müde und total erledigt ging ich im Schutz der Dunkelheit heim. In der Türe steckte ein Benachrichtigungsschreiben des Briefträgers. Ein Einschreiben. Das konnte mit Sicherheit nichts Gutes heißen! Ich nahm mir vor, bald ins Bett zu gehen, um am kommenden Tag fit für all die unangenehmen Aufgaben zu sein, die ich vor mir her geschoben hatte. ‚Nur einen Kleinen als Betthupferl' nahm ich mir vor. Am nächsten Morgen ging der ganze Katzenjammer wieder von vorne los. Ich nahm kaum wahr, dass es an der Türe klingelte. Erst als der Besucher gar nicht mehr vom Klingelknopf ging, stand ich auf, so gut es ging, und öffnete die Türe. Vor mir stand ein seriös wirkender, mittelalter Mann im dunkelblauen Anzug. Er gab sich als Rechtsanwalt zu erkennen. Er wäre im Auftrag meiner Frau hier, die die Scheidung eingereicht habe. Da von einer Ehe schon seit geraumer Zeit keine Rede mehr sein könne, verlangte sie, dass ich auf das vorgeschriebene Trennungsjahr verzichten solle und mich sofort von ihr scheiden müsse. Das war ein Hammer! Zudem erwartete sie, dass ich ab sofort Unterhalt für sie und die Kinder zahlen sollte. Auf meine Bemerkung, dass ich mit meiner Frau sprechen wolle, da ich mir vorgenommen habe, mich zu bessern, sah mich mein Gegenüber abfällig an und meinte nur, dass es wohl im Moment nicht nach einer Besserung aussehe. Was musste ich für einen Eindruck auf den Anwalt meiner Frau machen. Ich hatte mich seit Tagen gehen lassen und auch keine Badewanne oder Dusche von innen gesehen. Kein Wunder, dass der Herr nicht gerade eine gute Meinung von mir hatte!

Er bat mich, am nächsten Tag bei ihm in der Kanzlei vorbei zu kommen, damit die Formalitäten erledigt werden könnten. Also war es meiner Frau bitterernst!

Als ich am Tag darauf in der Kanzlei erschien, musste es dem Anwalt vorkommen, als wäre ich ein anderer Mensch. Ich war frisch geduscht und rasiert, zudem hatte ich mir in meinem Stammsalon noch eine neue Frisur verpassen lassen. Aber das änderte alles nichts an der Tatsache, dass meine Frau allen Ernstes die Scheidung wollte. Und ich sollte gefälligst für meine ehemalige Familie bezahlen! Als mir der Rechtsanwalt die Summe der Unterhaltsforderungen nannte, verschluckte ich mich erst einmal. So viel Geld konnte ich nie und nimmer aufbringen! Ich erklärte ihm, dass ich zurzeit nicht an meine Konten herankönne und deshalb auch kein Bargeld zur Verfügung hatte oder eine Überweisung tätigen konnte. Dem Blick des Mannes gegenüber zu urteilen, war ihm das völlig egal. Er belehrt mich, dass ich im Falle des Nichtzahlens damit rechnen müsste, dass ich eine Ladung vor Gericht erhalten würde. Dann würde die ganze Sache noch erheblich teurer. Nebenbei erwähnte er, dass ich nicht der erste Ehemann und Vater wäre, der wegen eines ausständigen Unterhalts ins Gefängnis müsste. Wieder ein Tiefschlag. Vom erfolgreichen Firmeninhaber zum Knasti. Prost Mahlzeit! Auf den Schrecken würde ich zu Hause erst einmal anstoßen. Kaum daheim, ging ich schon zur Bar und goss mir einen Drink ein. Was dann passierte, kannst du dir ja selbst ausmalen.

In den nächsten Tagen verließ ich das Haus nur noch nachts. Ich fuhr nur zur Tankstelle, um meine Vorräte aufzufüllen. Das waren natürlich in erster Linie Getränke. Und dass ich da keine Limonade gekauft habe, darfst du mir glauben. Einmal kam meine ältere Tochter vorbei, weil sie etwas aus ihrem Zimmer holen wollte. Sie rechnete anscheinend nicht damit, dass ich zu Hause sein würde und erschrak dementsprechend. Als ich sie über den

Kopf streicheln wollte, lief sie weg und meinte, ich würde ganz fürchterlich stinken. Und

außerdem sei ich nicht der Papa, den sie von früher kenne. Das waren wohl die

schlimmsten Sätze, die je eines meiner Kinder zu mir gesagt hat.

Als Folge davon stemmte ich mich gegen meine Lethargie und begann, wieder zu

arbeiten. Als erstes musste der ganze Betrieb wieder auf Vordermann gebracht werden.

Ich steigerte mich so in meine Aufgabe, dass ich gar nicht bemerkte, wie ein ehemaliger

Mitarbeiter mich beobachtete. Nachdem ich ihn bemerkte, fragte er, ob es wohl nicht ein

wenig zu spät für diesen Aktionismus sei. Meiner Meinung nach war es noch nicht zu spät!

Aber das konnte er als Außenstehender ja nicht wissen. Ich schaffte es tatsächlich, wieder

einige Aufträge an Land zu ziehen. Nur genügte das nicht, um die Versäumnisse der

Vergangenheit wettzumachen. Meine Bank honorierte zwar meine Bemühungen insofern,

als dass sie mir in geringem Umfang etwas Geld zur Verfügung stellte, aber schon bald

bemerkte ich, dass ich von selbst nicht aus dieser Misere herauskam. Ich besprach mich

mit meinem Banker. Am Ende unserer Zusammenkunft waren wir uns einig, dass ich

dringend professionelle Hilfe benötigte. Deshalb machte er sich auf, um einen guten

Insolvenzverwalter zu suchen. Ich war wieder guter Hoffnung.

Umso niederschmetternder war dann die Analyse des Fachmannes, den mir die Bank nun

zur Seite gestellt hatte. In meinem Enthusiasmus hatte ich gar nicht bemerkt, dass die

Aufträge, die ich so schwungvoll an Land gezogen hatte, allesamt von früheren Freunden

kamen, die so versuchten, mich vor dem Untergang zu bewahren. Echte Aufträge hatte ich

keinen einzigen! Also blieb nur noch der Gang vors Gericht.

Bei der Verhandlung über das Vermögen der Firma stellte sich heraus, dass ich ganze

Arbeit geleistet hatte. Der Erlös des Verkaufs des Inventars und der ganzen Materialien reichte kaum aus, die anstehenden Forderungen der Gläubiger zu decken. Und über mir hing das Damoklesschwert in Form meiner Frau mit ihren Unterhaltsforderungen. Ich vermute, du weißt nicht, was es mit dem Schwert des Damokles auf sich hat. Dieser Damokles lebte vor weit über zweitausend Jahren, so etwa um vierhundert vor Christus in Sizilien im heutigen Italien. Er war dort ein Günstling am Hof des Fürsten. Er war also ein gern gesehener Gast. Als er einmal über die Macht und den Reichtum des Machthabers meckerte, demonstrierte Dionysios, so hieß der Fürst, wie vergänglich und unsicher diese Angelegenheit war. Er lud ihn zu einem luxuriösen Fest ein und ließ gleichzeitig über seinem Kopf ein scharfes Schwert aufhängen, das nur an einem einzigen Pferdehaar befestigt war. Diesen Wink verstand Damokles und zog sich zurück, um ein einfacheres Leben zu führen. So erging es mir eben auch. Ein kleiner Windhauch genügte, um dieses scharfe Schwert auf mich niedersausen zu lassen.

Heute bin ich nur froh, dass meine Eltern das alles nicht mehr erleben mussten. Aus der Lagerhalle wurde ein Getränkemarkt und das Wohnhaus wurde weit unter Preis versteigert.

Ich musste mir eine Wohnung suchen und, was noch viel wichtiger war, eine Beschäftigung. Zum Glück hatte ich aus meiner früheren Zeit noch einige Beziehungen. Deshalb konnte ich schon sehr bald meine neue Stelle antreten. Endlich wieder Geld aufs Konto! Ich versuchte darauf hin, Kontakt mit meiner Frau aufzunehmen um ihr die gute Nachricht zu bringen. Aber sie meinte nur hochnäsig, ich würde schon sehen, wie hoch die Zahlungen nach der Scheidung würden. Diese Aussage machte mir Angst. Ich setzte mich mit einem Anwalt in Verbindung. Dieser meinte bei einem ersten Informationsgespräch, dass meine Frau wohl Recht behalten würde. Sie berief sich auf das Gewohnheitsrecht, nach welchem ich verpflichtet war, den gewohnten Lebensstandard aufrecht zu erhalten. Und wir hatten früher nicht gerade schlecht gelebt. Meine Kinder waren auch noch nicht so groß, als dass man meiner Frau hätte zumuten können, eine Arbeit aufzunehmen. Also musste ich voll bezahlen. Aber von was denn? Ich war froh, überhaupt eine Arbeit gefunden zu haben. Da konnte ich nicht auch noch hohe Gehaltsforderungen stellen. Als ich versuchte, das meiner Frau zu erklären, zeigte sie mir nur die kalte Schulter und ließ mich stehen.

Ich hatte Angst. Angst vor der Verhandlung. Was würde sein, wenn ich den Gerichtssaal wieder verlassen würde? Ich war dann ein freier Mann. Das war aber auch das Einzige, das ich sicher wusste.

Ich saß da wie ein Häufchen Elend. Der Richter hatte meiner Frau in allen Punkten Recht gegeben. Ich stand also vor dem Nichts. Wie sollte ich die Forderungen der Gegenpartei, also meiner Frau, befriedigen? Da konnte ich mir doch gleich einen Strick nehmen. Die geforderte Summe war höher als ein Monatsverdienst von mir! Ich wusste nicht mehr ein noch aus. Am besten war es jetzt, alles um mich herum zu vergessen. In meiner kleinen Wohnung angekommen, kaufte ich groß ein und verschanzte mich dann in meinen vier Wänden. Nach einigen Tagen läutete das Telefon. Als ich dran ging, hörte ich am anderen Ende die verärgerte Stimme meines Chefs. Ob das nun der Dank dafür wäre, dass er mir in der Not geholfen hätte. Auf jeden Fall war er nicht bereit, meine Eskapaden zu dulden. Ich sollte augenblicklich in der Arbeit erscheinen. Ansonsten könne ich mir morgen die Papiere abholen. Ich kann dir sagen, mir war das in diesem Moment so was von egal. Ich setzte mich auf meine Couch und machte eine neue Flasche auf. Scheiß auf die Arbeit! Mir blieb ja sowieso nichts von meinem Lohn. Warum sollte ich dann überhaupt arbeiten? Sollte meine Frau doch schauen, wie sie ihre unverschämten Forderungen eintreibt! Von mir bekam sie jedenfalls vorerst nichts mehr. In den nächsten Tagen wollte ich aufs Arbeitsamt gehen und mich Arbeit suchend melden. Von dem Geld sah meine Frau dann nichts! Und für meine Kinder würde ich schon so viel aufbringen, dass sie anständig leben konnten". Der Mann hatte sich wieder so in seine Gedanken hinein gesteigert, dass er am ganzen Kopf, oder zumindest dort, wo man es sah, rote Flecken bekommen. Marion wagte nicht, ihn anzusprechen. Sie kannte ihn mittlererweile schon so gut, dass sie wusste, dass diese Wut nicht sie betraf. Nach ein paar Minuten hatte er sich wieder beruhigt und sah seine kleine Freundin an. „Weißt du eigentlich, dass du so etwas wie Medizin für mich bist? Dank dir habe ich nun die Möglichkeit, meine Vergangenheit aufzuarbeiten, bevor ich in die ewigen Jagdgründe eingehe."

Marion wurde blass. Was meinte er damit? Er war also doch krank. Vielleicht sogar so krank, dass er wusste, dass er bald sterben würde!

Charly sah die Angst im Gesicht Marions und lachte. „Keine Angst, so schnell verlasse ich diese Erde noch nicht. Aber du bist halt bisher die Einzige, mit der ich über meine Vergangenheit gesprochen habe. In unseren Kreisen fragt man nicht, wie die Situation entstanden ist. Sie ist einfach da, und fertig. Ich weiß beispielsweise von einem Kumpel, der war in seinem früheren Leben Richter. Aber ich werde mich hüten zu fragen, warum er auf der Straße gelandet ist. Und selbst wenn er es erzählen wollte, fände er keine Zuhörer in unsren Kreisen. Hier hat jeder genug mit sich selbst zu kämpfen als dass er sich noch um die Geschichten der anderen kümmern könnte. Für heute ist es nun wieder genug. Ich glaube, mit lauter Erzählen habe ich die Zeit ganz vergessen und du wohl auch. Schau mal, du wirst bestimmt Ärger zu Hause bekommen".

Da hatte Charly allerdings Recht. So spät war sie noch nie dran. Sie musste sich beeilen, wenn sie noch halbwegs in der Zeit zu Hause ankommen wollte. Sie schnappte sich ihren Rucksack und sprang davon. Während sie schon losrannte, rief sie ihm noch ein schnelles ‚Tschüß' nach hinten. Aber der Mann auf dem Asphalt war in sich zusammen gesunken. Er hörte von alledem nichts mehr. Er schlief.

„Stell dir vor, gestern haben sie mich von meinem Platz vertrieben, weil ich so laut geschnarcht habe. Ich habe dich gar nicht mehr weggehen hören. So schnell bin ich noch nie so tief eingeschlafen. Ich hoffe, das hat dich nicht beleidigt?" empfing Charly seine Freundin Marion.

„Ich habe gar keine Zeit dazu gehabt, beleidigt zu sein. Mir war ganz schön bange, dass ich zu spät komme. Aber alles falscher Alarm. Ich glaube, meiner Mutter ist gar nicht aufgefallen, dass es schon so spät war. Sie hat jedenfalls nichts gesagt. Aber trotz allem möchte ich heute ein bisschen früher gehen" entgegnete Marion dem Mann, der aussah, wie wenn er gerade aus einem Film über Weihnachtsmänner entsprungen wäre. Sein Bart und seine Haare waren schon wieder recht lange. Und die silbernen Strähnen wurden auch von Tag zu Tag mehr, kam es Marion vor. Das einzige Manko war seine Aufmachung. Die passte so gar nicht zu Weihnachten.

Das war also der Grund, warum Charly wieder einmal seinen Platz wechseln musste. Es war schon komisch. Wegen seines Schnarchens musste er weg von seinem Platz.

„Willst du dann heute nicht weiter erzählen? Bist du immer noch so müde? Wenn du willst, können wir heute auch nur so dasitzen und die Leute beobachten. Mir macht das nichts aus. Auch wenn ich, ehrlich gesagt, schon neugierig bin, wie deine Geschichte weitergeht".

„Ich bin nicht müde. Nur ein wenig erkältet. Aber das vergeht schon wieder. Nachdem ich mich also dazu durchgerungen hatte, aufs Arbeitsamt zu gehen, kam ein erneuter Niederschlag, der sich als Auslöser für meine weitere ‚Karriere' erweisen sollte. Ich stellte meinen Antrag auf Arbeitslosengeld. Bereits am selben Tag erhielt ich einen Anruf von meinem zuständigen Sachbearbeiter. Ich sollte möglichst am nächsten Tag bei ihm vorbei schauen. Als ich also am Morgen des kommenden Tages, ausnahmsweise nüchtern und gut gelaunt, ins Arbeitsamt marschierte, ahnte ich noch nicht, dass dies ein endgültiger Wendepunkt in meinem Leben sein sollte. Nach der üblichen Wartezeit rief mich der Beamte auf. Als ich sein Büro betrat, sah er mich ernst an. Als er mir dann eröffnete, dass ich als ehemaliger Selbständiger keinen Anspruch auf Unterstützung durch sein Amt hätte, kam es mir vor, als fiele der Himmel über mir zusammen. Keinen Anspruch auf Arbeitslosengeld! Daran hatte ich gar nicht gedacht! Als ich ihn fragte, was ich denn nun unternehmen sollte, damit ich zu Geld kam, gab er mir nur lapidar die Auskunft, ich solle halt einen Antrag beim zuständigen Sozialamt auf Sozialhilfe stellen oder, was noch besser wäre, eine Arbeit suchen. Weder auf das eine noch auf das andere hatte ich auch nur die geringste Lust. Ich und Sozialhilfeempfänger! Wie tief war ich gesunken. Andererseits hatte ich so die Möglichkeit, meiner Frau ein Schnippchen zu schlagen. Ich brauchte ja dann keinen Unterhalt zu bezahlen! Also machte ich mich auf den Weg zu dem Amt, von dem ich immer dachte, dass das nur für Asoziale und Drückeberger sei. Aber war ich denn in diesem Augenblick anders als die, die ich immer so verachtete? Wenn ich es mir genau überlegte, dann war ich nicht besser als sie. Aber das war mir in diesem Moment ziemlich egal. Ich stellte meinen Antrag. Wenn ich gewusst hätte, was man zu so einem Antrag alles benötigt, wäre mir im Voraus bereits Himmelangst geworden. Ich muss dazu sagen, dass die Sachbearbeiterin im Amt eine Tochter eines ehemaligen Mitarbeiters meines Betriebes war. Ich schämte mich in Grund und Boden. Als einstiger Arbeitgeber ihres Vaters saß ich nun vor ihr und bat um Almosen. Wie peinlich! Nachdem ich also meinen Antrag gestellt hatte, verließ ich das Gebäude mit sehr gemischten Gefühlen. Nun hieß es abwarten.

Voller Erwartung öffnete ich das Schreiben des Sozialamtes. Das durfte doch nicht wahr sein! Die wollten mir doch tatsächlich weismachen, dass ich keine Ansprüche auf

irgendeine Sozialleistung habe. So lange ich noch nicht von meiner Frau geschieden war,

sollte sie für mich aufkommen. Und dann? Davon stand nichts auf dem weißen Blatt

Papier mit dem Briefkopf des Sozialamtes. Was sollte ich denn jetzt tun? Zu meiner Frau

gehen und betteln? Das kam überhaupt nicht in Frage! Ich musste irgendwie zu Geld

kommen, ohne dass das Sozialamt oder meine Frau davon etwas erfuhren. Sollte ich

schwarzarbeiten? Und wenn ja, wo? Bei uns in der Gegend war ich zu bekannt. Da würde

es meine Frau sofort erfahren, wenn ich wieder zu Geld gekommen wäre. Mir blieb nichts

anderes übrig, als von hier wegzuziehen. Ich kaufte mir eine Fahrkarte für die Bahn in die

am nächsten gelegene Stadt. Das Problem war nur, dass ich hier fremd war. Wo sollte ich

suchen. Ich klapperte einige kleinere Betriebe ab. Nirgendwo war Bedarf an billigen

Arbeitern vorhanden. Ich war kurz vor dem Verzweifeln. Ich hatte gerade noch so viel Geld

in der Tasche, um mir das Rückfahrtticket aus dem Automat zu lassen. Aber vielleicht

sollte ich ja ohne gültigen Fahrschein fahren! Auf dem Herweg hatte niemand kontrolliert.

Warum sollte das auf dem Rückweg anders sein. Mit klopfendem Herzen stieg ich in den

Zug. Schon bald sah ich den Zugbegleiter den Gang entlang gehen und sein monotones

‚die Fahrkarten, bitte' aufsagen. Mir rutschte das Herz in die Hose. Sollte ich bis ans Ende

des Zuges gehen und dann am nächsten Bahnhof aussteigen. Mir erschien dies als die

beste Lösung. Ich ging so unauffällig wie möglich bis ans Ende des Zuges. Als der

Schaffner gerade in das letzte Abteil gehen wollte, machte der Zug einen Ruck und wurde

merklich langsamer. Gott sei Dank! Ich tat unbeteiligt und stieg aus. Mit fliegenden

Schritten marschierte ich auf die Treppen zu, die zum Ausgang führten. Auf der Hälfte der

Stufen hörte ich einen Pfiff und das Anfahren der Lokomotive. Nun konnte ich wieder

umkehren und auf den nächsten Zug warten. Ich ging zum Aushang, auf dem die

Abfahrtszeiten der Verbindungen in alle Richtungen aufgelistet waren. So ein Mist! Genau der Zug, aus dem ich gerade ausgestiegen war, war der letzte für diesen Abend. Für ein Taxi reichte mein Geld hinten und vorne nicht. Zum zu Fuß laufen war die Strecke einmal zu weit. Sollte ich es so machen wie die Penner im Fernsehen. Mir eine Zeitung schnappen und auf der Parkbank oder im Bahnhof übernachten. Für die Bank war es ein wenig zu kalt. Also hinein in die Wartehalle des Bahnhofes. In Gedanken richtete ich mich auf eine gemütliche Nacht auf der Bank im Wartesaal ein. Doch kaum hatte ich es mir bequem gemacht, kamen zwei Beamte der Bahnpolizei und fragten mich, ob ich vorhätte, hier zu übernachten. Als ich bejahte, fragten sie mich nach meinem Fahrausweis. Verdutzt erklärte ich ihnen, dass ich keinen hätte und erst am Morgen einen am Schalter kaufen wollte. Sie fragten mich sofort nach meinem Ausweis. Als ich mich legitimierte, wunderten sie sich, warum ich denn aus dem letzten Zug ausgestiegen sei. Sie hatten mich beobachtet, als ich die Treppe hinunter und nach der Abfahrt des Zuges gleich wieder hinauf gegangen war. Folglich war ihrer Meinung nach anzunehmen, dass ich bis zu dieser Haltestelle eine gültige Fahrkarte besitzen müsste. Ich versuchte, mich damit heraus zu reden, dass ich sie bereits weggeworfen hätte. Nachdem sie nun misstrauisch geworden waren, baten sie mich, mir den Abfalleimer zu zeigen, in welchen ich das Ticket geworfen haben wollte. Nach einigem Stottern gab ich dann zu, dass ich gar keine Fahrkarte besessen hatte und somit eigentlich gar nicht hätte mitfahren dürfen. Sie erklärten mir steif, dass das natürlich eine Anzeige wegen Schwarzfahrens nach sich ziehen würde. Ein erhöhtes Beförderungsentgelt in mindestens doppelter Höhe des regulären Fahrpreises war die Folge. Nun versuchte ich, auf die Tränendrüse zu drücken. Aber leider ohne Erfolg. Wenn ich wusste, dass ich kein Geld für die Fahrkarte hatte, dann hatte ich auch nicht mitzufahren, war ihr kurzer Kommentar. Die Übernachtungsmöglichkeit im Bahnhof war natürlich auch dahin. Also musste ich mich zu Fuß auf den Weg machen. Vielleicht sollte ich es ja einmal als Anhalter versuchen? Ein

Versuch kostete ja nichts. Zuerst musste ich mich einmal orientieren. Ich war schon des

Öfteren in dieser Gegend, aber immer mit dem Auto. Und das hatte ich ja schon längst

verkauft. Ich hatte Glück. Es dauerte gar nicht lange, bis ein Wagen anhielt, nachdem ich

den Daumen herausgestreckt hatte. Wie peinlich! Ausgerechnet ein ehemaliger

Schulkamerad hielt an! Ich redete mich heraus, dass mein Auto eine Panne hätte und ich

den letzten Zug verpasst hatte. An seinen Augen merkte ich, dass er mir das nicht

abnahm. Aber er machte gute Miene zum bösen Spiel und tat so, als ob das das

Normalste auf der Welt wäre. Er setzte mich vor meinem ehemaligen Haus ab. Ich brachte

es nicht fertig, ihm zu sagen, dass ich nicht mehr dort wohnte. Von hier aus war es

allerdings kein Problem mehr, zu Fuß meine Wohnung zu erreichen. Mitten in der Nacht

kam ich dort an. Ich fiel todmüde ins Bett und schlief schnell ein. Als ich wieder wach

wurde, war es noch dunkel. Warum war ich mitten in der Nacht aufgewacht. Mir war ganz

wirr im Kopf. Ich stand auf und sah aus dem Fenster. Es waren noch viele Menschen

unterwegs für diese nächtliche Zeit. Ich sah auf die Uhr. Es war erst früher Abend! Ich

hatte einen ganzen Tag verschlafen! Was sollte ich jetzt tun. Die Geschäfte waren alle

schon geschlossen. Aber ich hatte Durst. Und Wasser aus der Leitung zu trinken, das kam

überhaupt nicht in Frage! Irgendwo in meinem Saustall musste doch noch etwas

trinkbares sein. Ich stöberte und fand tatsächlich noch eine Flasche mit Hochprozentigem.

Der Abend war gerettet. Ich setzte mich in meinen Sessel und köpfte die Flasche. Mein

Seelentröster bewirkte, dass ich meine Sorgen für die kommenden Stunden vergaß.

Am nächsten Morgen waren die Probleme allerdings immer noch da. Es wurden im

Gegenteil immer mehr. Ich fand einen Brief des Hausherren, den er unter der Türe

durchgeschoben hatte. Die Miete war fällig. Ich aber wusste nicht, wie ich sie bezahlen

sollte. Im Brief stand, dass er am nächsten Tag vorbeikommen wollte um die Miete

persönlich abzuholen. So ein Mist! Da half nichts anderes als toter Mann spielen. Noch hatte ich ja eine gewisse Galgenfrist. Möglicherweise tat sich bis dahin ja noch eine

unerwartete Geldquelle auf. Aber dem war nicht so. Als es zur besagten Zeit an meiner

Wohnungstüre klingelte, verhielt ich mich mucksmäuschenstill. Es läutete wieder und

immer wieder. Ich musste dringend auf die Toilette, konnte aber nicht gehen, weil ich mich

sonst verraten hätte. Es kam mir wie eine Ewigkeit vor, bis der gute Mann von seinem

Vorhaben abließ und sich von der Türe entfernte. Aber ich war auf der Hut. Und tatsächlich

sah ich ihn um das Haus herumschleichen und in jedes Fenster spähen. Ich versteckte

mich hinter der Türe zum Badezimmer. Mein Drang wurde immer größer. Ich glaubte

gerade, ich müsste platzen, als er seinen Plan endgültig aufgab und zu seinem Auto ging.

Endlich! Als ich mich erleichtert hatte, stellte sich mir das Problem, wie ich nun

weitermachen sollte. Die Versteckerei hatte auf die Dauer ja auch keinen Sinn. Ich musste

meinem Vermieter reinen Wein einschenken. Ich wusste zwar noch nicht wie, aber ich

würde es schon schaffen. Am besten funktionierte es wohl mit der Mitleidsmasche.

Aber bevor ich mir einen Plan zu Recht legen konnte, kam mir das Schicksal entgegen.

Das Schicksal kam in Form meines Vermieters. Als ich am nächsten Tag auf sein Klingeln

wieder nicht öffnete, hörte ich einen Schlüssel an meinem Schloss. Jetzt wurde es ernst!

Ich konnte mich nirgends in der Wohnung verstecken. Also blieb mir nur noch die Flucht.

Ich machte so leise wie möglich das Fenster im Wohnzimmer auf und lief in den Garten.

Glücklicherweise lag die Wohnung im Erdgeschoss. Mein zweites Glück war, dass es

schon dunkel geworden war. Schon hörte ich die Stimme meines Vermieters und einer

weiteren Person. Sie meinten, ich müsse doch noch irgendwo sein. Einer der Beiden hatte

mich räuspern hören. Ich konnte also den Garten nicht verlassen ohne gesehen zu

werden. Plötzlich streifte mich der Schein einer Taschenlampe. Ich warf mich

geistesgegenwärtig auf die Erde. Zum Glück hatte ich einen braunen Pullover an. Somit

war ich unter dem Busch, unter den ich mich geworfen hatte, kaum zu sehen. Die Beiden standen nun nur noch einige Schritte von mir entfernt. Ich wagte kaum zu atmen. Nach einer Weile, die wie mir eine Ewigkeit vorkam, suchten sie an anderer Stelle weiter. Dann hörte ich, wie sich das Fenster schloss. Ich war ausgesperrt. Ausgesperrt aus der eigenen Wohnung! Aber ich hatte vorgesorgt. Ich hatte einen Ersatzschlüssel unter einem Blumentopf deponiert. Solange die zwei Männer allerdings noch in der Nähe waren, wagte ich mich nicht aus meinem Versteck. Was machten die Beiden denn so lange in der Wohnung? Endlich ging das Licht aus. Kurze Zeit später hörte ich, wie sie mit dem Wagen davon fuhren. Ich wartete noch eine Weile, dann schlich ich mich wie ein Verbrecher um das Haus herum. Der Schlüssel war noch an seinem Platz! Mit zittrigen Fingern nahm ich ihn an mich und ging, immer möglichst im Schatten bleibend, zur Eingangstüre. Ich wusste, dass das Scharnier ein wenig quietschte. Da aber um diese Zeit noch eine Menge Geräusche in der Luft lagen, hörte es niemand. Leise ging ich die drei Stufen bis zu meiner Wohnungstüre. Ich traute mich nicht, das Licht anzumachen. Als ich den Schlüssel ins Schloss stecken wollte, klemmte er. Was war denn los? Ich versuchte es immer und immer wieder. Da fiel es mir wie Schuppen von den Augen. Die Beiden hatten das Türschloss ausgewechselt!

Nun stand ich also da und konnte nicht mehr in die warme Stube. Es war ziemlich kalt. Wohin konnte ich mich jetzt wenden? Ich hatte keine Ahnung. Ich hatte nicht einmal eine Jacke anziehen können, so unvorbereitet traf mich die ganze Situation. Um ein bisschen warm zu bleiben, musste ich mich bewegen. Ich ging ziellos durch die Straßen. Immer weiter entfernte ich mich von dem Gebäude, in dem ich für eine Weile mein Zuhause gefunden hatte. Als ich aufsah, bemerkte ich, dass ich bereits ein ganzes Stück von dem Ort entfernt war, in dem ich solche Abenteuer erlebt hatte. Es trieb mich immer weiter. Einmal hielt ein Auto und der Fahrer fragte mich, ob er mich mitnehmen sollte. Ich verneinte. Ich hätte ihm bei der Frage nach meinem Ziel keine Antwort geben können. Nur nicht stehen bleiben. Das war der einzige Gedanke, der mich vorantrieb. Ich weiß nicht,

wie lange ich so unterwegs war. Irgendwann sah ich dann die Lichter einer größeren

Ortschaft. Dort würde ich wohl einen Unterschlupf finden. Es ging schon auf den Morgen

zu. Am Horizont sah ich den Himmel langsam grau werden. Da es schon spät im Jahr war,

musste es schon bald viel Verkehr auf den Straßen geben. Die Leute fuhren in ihre Arbeit.

Arbeit, die ich nicht mehr hatte. Am Straßenrand sah ich zwei Gestalten liegen. Als ich

mich ihnen näherte, zischte mich eine von ihnen an, sie würden ja schon verschwinden.

Als ich sagte, ich wüsste nicht, was er damit meinte, sah mich die Gestalt misstrauisch an.

Ob ich denn nicht vom Ordnungsamt sei, wollte er wissen. Ich musste lachen. Wie denn

ein Mitarbeiter vom Ordnungsamt aussehe, fragte ich ihn. Da er es mir nicht sagen

konnte, beruhigte ich ihn, dass sie vor mir nichts zu befürchten hätten. Die Beiden waren

Obdachlose, die am Abend wegen ihres Alkoholkonsums nicht mehr weiter gekommen

waren. Ich war gerade versucht, ihnen meine Geschichte zu erzählen, als der eine von

ihnen bemerkte, dass ich ganz verschwitzt war. ‚Du holst dir noch den Tod, wenn du so

leichtsinnig herum läufst' gab er zu Bedenken. Ich konnte nun nicht anders, als ihnen mein

Schicksal zu erzählen. Während ich also die letzten Tage meines Lebens Revue passieren

ließ, nickten die Beiden nur ab und an mit ihrem ungepflegten Kopf. Sie konnten gut

nachvollziehen, was ich die letzte Zeit mitgemacht hatte. Sie nahmen mich zwischen sich

und wärmten mich mit ihrer Decke und ihrem Körper. Ich hatte wahrlich schon bessere

Gerüche in meiner Nase als den Gestank der Beiden. Aber ihre Fürsorge entschädigte

mich für alles. Ich war nicht mehr alleine. Ob ich denn schon wüsste, was ich in näherer

Zukunft machen würde, fragten sie mich. Ich hatte, ehrlich gesagt, keine Ahnung. Sie

meinten, wenn ich Lust hätte, könnte ich mit ihnen mitkommen. Somit begann mein

endgültiger Abstieg. Von diesem Zeitpunkt an war mir alles egal. Ich dachte nicht mehr an

meine Kinder und erst recht nicht mehr an meine Frau. Ich konzentrierte mich nur noch auf meine neuen Genossen. Diese wollten als erstes zur Wohlfahrtsküche gehen, um etwas

Warmes zwischen ihre Zähne zu bekommen. Sie hatten dafür einen Berechtigungsschein

erhalten. Da ich nichts hatte als das, was ich auf dem Leib trug, schlugen sie vor, ich sollte

mich erst einmal registrieren lassen. Dann würde ich mit warmer Kleidung und

Essensgutscheinen versorgt. Bis dahin konnte ich mit ihnen mit essen. So machte ich

mich also mit meinen neuen Bekannten auf den Weg. Nach dieser Nacht war meine

Hemmschwelle, etwas zu erbitten, so tief gesunken, dass ich mir gar keinen Kopf darüber

machte, was wohl die Anderen über mich dachten. Die beiden Freunde machten mich mit

anderen Leuten bekannt, die anscheinend das Schicksal auch an den Rand der

Zivilisation gespült hatte. Keiner von ihnen brachte auch nur ein Wort des Bedauerns über

seine Lippen. Jeder von ihnen hatte seine eigene Geschichte, von denen mit Sicherheit

keine einfacher war als meine. Nach ein paar Tagen hatte ich mich bereits so an meine

neuen Genossen gewöhnt, dass es mir vorkam, als ob ich schon seit Jahren mit ihnen

zusammen wäre. Ich trennte mich dann von dem einen oder anderen, lernte neue

Kameraden kennen und versank allmählich immer weiter in den Sumpf, den sie Leben

nannten. Ich hatte schnell gemerkt, dass dieses Leben leichter zu ertragen war, wenn man

einige Promille im Blut hatte. Um aber an Geld für Alkohol zu kommen, musste ich etwas

unternehmen. Betteln kam für mich in dieser Phase nicht in Frage. Also bot ich meist

älteren Damen meine Dienste an, solange ich noch einigermaßen gepflegt aussah. Ich

trug ihre Einkaufstaschen oder wusch ihr Auto oder Fahrrad. Je länger ich mich allerdings

an dieses Leben gewöhnte, desto weniger Lust verspürte ich, eine Arbeit zu verrichten.

Nach wenigen Wochen zog ich mit einem Kumpel, mit dem ich mich ein wenig besser

angefreundet hatte, in eine andere Stadt. Er meinte, je größer die Stadt sei, desto eher

bestünde die Chance, seinen Lebensunterhalt mit betteln zu verdienen.

Die ersten Male traute ich mich nicht, den Menschen, die mir eine Kleinigkeit in meine

Schachtel vor mir legten, in die Augen zu sehen. Aber nach einigen Tagen war mir mein

neuer Erwerbszweig bereits so vertraut, dass ich sogar begann, mit den Leuten zu

scherzen und ihnen ein ‚Vergelt's Gott' für ihre Spende nachzurufen. Ein einziges Mal

wollte ich aus dem Milieu ausbrechen. Das war letztes Jahr zu Weihnachten. Ich konnte

mich nicht daran erinnern, auch nur ein einziges Weihnachtsfest alleine verbracht zu

haben. Und nun war ich nicht nur alleine, sondern auch noch mittellos, obdachlos und

verwarlost. Ich bekam das heulende Elend. Nach einer Zweiliterflasche Wein verging das

aber auch wieder. Ich hatte mich mit meinem Leben arrangiert. So bin ich die ganze Zeit

von einer Stadt in die andere getingelt. Mal zu Fuß, mal als Anhalter, je nach Situation.

Bis, ja bis du dann auf einmal da standst und mich neugierig angegafft hast. Da kam

meine ganze Erinnerung wieder hoch. Aber ich bin dir deshalb nicht böse. Im Gegenteil.

Ich glaube, ich bin dir dankbar dafür. Ich freue mich, dass ich dich kennen lernen durfte".

Das war das Letzte, was Charly Marion erzählt hatte. Und nun stand sie da und wusste

nicht, wo er war. Sie überlegte, ob sie einige der Geschäftsleute, die rings um Charlys

Stammplatz ihre Kunden bedienten, fragen sollte, ob sie etwas von ihm wüssten. Sie

verwarf diesen Gedanken aber, als sie sich daran erinnerte, wie diese ihn immer

behandelt hatten.

Vielleicht war er ja krank oder man hatte ihn wieder einmal weggesperrt. Es konnte

dutzende von Erklärungen für seine Abwesenheit geben.

Als Charly aber am nächsten Tag immer noch nicht aufgetaucht war, machte sie sich

große Sorgen. Sie konnte aber niemanden finden, der wusste, wo ihr Freund war. Auch

die anderen Obdachlosen hatten keine Ahnung.

VII.

Die Familie saß gemütlich beim Frühstück. Der Vater las, wie immer am Samstag,
ausgiebig die Zeitung. ‚Endlich wieder einer weniger' rief er seiner Frau zu, die gerade
frischen Kaffee aus der Küche holte. ‚Was meinst du denn damit?' wollte sie wissen. ‚Na,
den Artikel in der Zeitung über den toten Penner' gab dieser ein wenig überheblich zur
Antwort. Bei diesen Worten wurde das Mädchen, das bisher still sein Frühstück genoss,
hellhörig. ‚Darf ich mal sehen' bat sie ihren Vater. ‚Seit wann interessierst du dich denn für
die Zeitung?' wunderte sich das Familienoberhaupt. ‚Manche Sachen interessieren mich
halt' antwortete sie frech. Dann warf sie einen Blick auf den Artikel, von dem gerade die
Rede war. Was sie da las, war furchtbar:

*Wie ein Polizeisprecher erst heute bekannt gab, wurde anfangs der Woche die Leiche
eines Mannes unter der Stadtbrücke gefunden. Es handelt sich nach Angaben der Polizei
um den stadtbekannten Obdachlosen Charly A. Nach ersten Untersuchungen liegen keine
Anzeichen für ein Gewaltverbrechen vor. Vermutlich sei der Mann an einer
Lungenentzündung gestorben. Die Behörden suchen nun nach Angehörigen.*

Das Mädchen, das bisher still am Tisch gesessen hatte, ließ einen Schrei los, fing an zu
weinen und stürmte aus dem Esszimmer.
Die Eltern sahen zuerst ihrer Tochter nach, dann sahen sie sich an und schüttelten
verständnislos den Kopf…